문지스펙트럼

외국 문학선
―――――
2-027

Mathilde Möhring

Theodor Fontane

마틸데 뫼링

테오도르 폰타네
박의춘 옮김

문학과지성사

외국 문학선 기획위원

김주연 / 권오룡 / 성민엽

문지스펙트럼 2-027

마틸데 뫼링

지은이 / 테오도르 폰타네
옮긴이 / 박의춘
펴낸이 / 채호기
펴낸곳 / (주)문학과지성사

등록 / 1993년 12월 16일 등록 제10-918호
주소 / 서울 마포구 서교동 395-2(121-840)
전화 / 편집부 338)7224~5 영업부 338)7222~3
팩스 / 편집부 323)4180 영업부 338)7221
홈페이지 / www.moonji.com

제1판 제1쇄 / 2005년 2월 18일

ISBN 89-320-1575-9
ISBN 89-320-0851-5 (세트)

ⓒ (주)문학과지성사

옮긴이와 협의하여 인지는 생략합니다.
이 책의 판권은 옮긴이와 (주)문학과지성사에 있습니다.
양측의 서면 동의 없는 무단 전재 및 복제를 금합니다.

잘못된 책은 바꾸어드립니다.

마틸데 뫼링

차례

제1장 / 9
제2장 / 15
제3장 / 24
제4장 / 35
제5장 / 47
제6장 / 59
제7장 / 64
제8장 / 74
제9장 / 84

제10장 / 96
제11장 / 119
제12장 / 137
제13장 / 150
제14장 / 158
제15장 / 171
제16장 / 182
제17장 / 189

옮긴이 해설
19세기 말 여성과 교양에 대한 사실주의적 전망 / 199

작가 연보 / 220

일러두기

본문 중의 각주는 모두 역주입니다.

제 1 장

뫼링네는 프리드리히 거리 쪽으로 바짝 붙어 있는 게오르겐 거리 19번지에 살고 있었다. 집주인은 회계고문관 슐체였다. 그는 제국 건설 시기[1]에 300탈러[2]를 가지고 투기를 해서 2년이 지난 후에 큰 재산을 한 몫 잡은 자였다. 그는 요즘 자신이 근무하는 부서 관청 곁을 지나칠 때마다 미소를 지으며 올려다보고 말했다. "좋은 아침입니다, 각하." 흠, 각하라니. 온 세상이 이 각하가 아직도 강등당하지 않은 걸 이상하게 여겼다. 만약 그가 강등을 당했다면, 슐체가 즐겨 말했듯이 빈털터리로 기껏해야 단치히 시장 정도밖에 못 했을 것이다.

---

1) 1870~71년, 비스마르크 통일 이후 독일 제2제국의 경제 부흥 시기로 무분별한 주식 투기를 조장한 유령회사 건설 시기로도 이해됨.
2) 독일 제국 은화.

그렇다면 슐체 형편이 더 나았다. 슐체는 집이 다섯 채나 되었다. 게다가 게오르겐 거리에 있는 집은 거의 궁전에 가까워서, 앞쪽으로 난 작은 발코니에는 금도금을 한 쇠 난간이 달려 있었다. 그 건물에는 지하실들이 없는 게 분명했고 지하셋방들 역시 없었다. 대신에 작은 상점들이 위치해 있었다. 식료품점, 이발소, 안경점, 그리고 우산 가게가 길과 같은 높이로 들어서 있었다. 그래서 그 위로 놓여 있는 주인집은 베를린의 새로 지어진 많은 집들에서 볼 수 있는 그런 반지상층 형태를 취하고 있었다. 그런 집들은 1층이 길보다 더 높이 올라가 있거나 아니면 층계를 하나 올라가 위치해 있었다. 슐체는 명함에 게오르겐 거리 19I, 라고 적었다. 그 주소를 뫼링네를 제외하곤 모두가 당연하게 받아들였다. 뫼링네에게는 그 사실을 어떻게 받아들이느냐에 따라서 자신들이 3층에 사는지 4층에 사는지가 결정되는 일이었다. 그 문제는 그들에게 사회적으로도 중요하지만 실질적으로도 상당히 중요했다.

뫼링네는 단 두 식구로 어머니와 딸뿐이었다. 한 의류수출 업체의 장부 정리 직원이었던 아버지는 이미 7년 전에 사망했다. 그는 마틸데의 견신례 하루 전날이었던 부활절 전 토요일에 세상을 떠났던 것이다. 그 당시 목사가 해준 말이 두 모녀에게는 아직도 생생했다. 그 말은 "마틸데야, 정결해야 한다"였다. 바로 아버지인 뫼링 씨가 딸에게 마지막으로 남겼던 말이었다. 그 말을 직접 들었던 노이슈미트 목사는 고인이 도덕적인 의미로 한 말이라고 했다. 슐체 부부도 그 말을 전해 들었었는데, 돈 있는 회계 고문관이 지니는 오만에다 당연히 집주인의 오만까지 함께 지니고 있던 이들은 목사의 의견을 반박했다. 그들은 그 말을 단순히 의류수출업하고만 연결시켰다. 그리고 고인의 생각이 그 직업 안에서 맴돌았을 것이기 때문에 "옷이 날개다" 정도를 뜻하는 걸 거라고 했다.

그 당시 뫼링네는 막 이사를 했었다. 슐체에게는 겨우 40대 중반이었던 아버지 뫼링의 죽음이 달갑지가 않았다. 관이 영구차에 안치될 때 슐체는 창가에 서서 자기 뒤에 서 있던 아내에게 말했다. "난처한 일이군. 당연히 가진 게 하나도 없는 사람들인데. 엠마, 내 당신에게 일이 어떻게 될 지 말해 주지. 저들은 방을 세놓을 거야. 대학생이 많은 구역이니까 대학생 한 명에게 방을 세주겠지. 그리고 우리가 늦게라도 들어오는 날이면 그자가 층계를 찾지 못해서 복도에 누워 있을 거고. 당신에게 오늘 미리 부탁하는데 그런 일이 생기더라도 놀라지 말고 소리도 지르지 마오." 슐체가 그 말을 마쳤을 때 밖에서는 영구차가 떠나고 있었다.

슐체의 우려는 들어맞았지만 또 그렇지 않기도 했다. 물론 과부 뫼링이 셋방 주인이 되긴 했다. 하지만 그녀의 딸이 눈썰미가 있어서 상당히 사람을 볼 줄 알았다. 그래서 그들은 착실한 인상을 주는 사람들만을 집 안에 들였다. 집 계약을 해지할 생각이 있었던 슐체조차도 오랜 시간이 흐르자 어쩔 수 없이 그 사실을 인정했다. 그리고 뫼링네에게 정말 언제든지 훌륭한 증명서를 발부해주는 일을 주저하지 않겠다고 했다. "양복점 장부 정리 직원에다 여자는 기껏해야 방앗간 집 딸 정도일 텐데 놀라운 일이야. 예의 바르고 겸손하고 교양이 있으니. 그리고 마틸데도. 지금 아마 틀림없이 열일곱 살일 텐데 항상 부지런하고 아주 얌전하게 인사를 하지. 아주 교양이 있는 여자애야."

그것도 지금은 벌써 6년 전 일이 되었다. 어렸던 마틸데는 이제 스물세 살 난 어엿한 처녀가 되었다. 그런데 그렇다고 해서 또 아주 그렇게 어엿한 처녀는 아니었다. 그렇다고 보기에는 너무 마른 데다 허연 낯빛을 하고 있었다. 또 그녀의 색 바랜 금발 머리도 마틸데라는 이름의 처녀에게는 어울리지 않았다. 단지 신중하고 부지런하고 실질적인 면만이 그녀의 이름과 맞아떨어졌다. 슐체가 언젠가 그녀를 두고 구미가 당기는 아가씨라고 한 적이 있긴 있었다. 그가 지닌 여성상에 가장 근접한 모습과 비교를 한다면 그 말이 맞긴 했다. 그래도 그 말은 좀 과장된 것이었다. 마틸데는 자신을 잘 간수했고 "정결"이라는 말을 모토로 자신을 가꾸긴 했어도 정말은 구미가 당겨서 달려들 정도는 아니었다. 깔끔하게 옷을 잘 입고 기운찬 인상을 주긴 했지만 사람을 끌어당기는 매력이라곤 전혀 없었다. 가끔은 그녀 자신도 그 사실을 알고 있는 것처럼 보였다. 그럴 때는 일종의 불신감이 그녀를 덮치곤 했다. 자신의 영리함이나 탁월함에 대해서가 아닌 자신의 매력에 대한 불신이었다. 그녀가 그런 위기의 순간들에 처했을 때 잊혀지지 않는 사건 하나를 기억하지 못했다면 그녀는 그런 불신감을 아마 계속 키웠을지도 모른다. 그녀의 열일곱 번째 생일날 할렌제에서 있었던 일이다. 사람들이 결혼하지 않은 아주머니 한 분을 모시고 할렌제에서 그녀의 생일을 축하해주었었다. 마틸데는 구주희 레일로부터 좀 떨어진 곳에 서서 공이 기둥을 몇 개나 쓰러뜨렸는지 보려고 매번 레일 바닥을 내려다보고 있었다. 그때 구주희 놀이를 하던 사람 중 한 명이 "얼굴이 깎은 보석 조각 같군"이라고 하는 말이 아주 똑똑히 들렸다. 그 이후로 그녀는 그 말 때문에 살았다. 그녀는 자기 가슴 높이 바로 위로 깨어져서 가운데에 금이 가 있는, 세워 놓는 낡은 거울 앞에 설 때면 마지막으로 항상 옆얼굴을 비추어 보았다. 그리곤 할렌제의 구주희 회원이 했던 말을 확인해보았다. 그럴 만도 했다. 그녀의 얼굴은 정말로 깎은 보석 조각 같았다. 그녀를 사진으로 본다면 누구나 그녀에게 반했을 것이다. 하지만 격조 있는 옆 얼굴선이 역시 전부였다. 얄팍한 입술, 숱이 적어 착 달라붙은 잿빛 머리카락, 자라다 만 듯한 작은 귀, 그런 모습에는 뭔가 여러 가지가 결여된 것처럼 보였다. 그 모든 것들이 전체적인 모습에서 감각적인 매력을 몽땅 앗아가버렸다. 거기에다 가장 메마른 인상을 주는 것은 푸른 물빛 눈이었다. 눈에 한 줄기 광채가 있긴 했으나 전적으로 무미건조한 광채였다. 사람들이 이전에 은빛 시선[3]에 대해서 말했다면 마틸데의 경우에 있어서는 함석빛 시선이라고 말할 수 있었다. 옆얼굴 모습에 목숨을 거는 누군가를 발견하지 못한다면 그녀에게 사랑이 다가올 기회는 많지 않았다. 그래서 그녀는 교양 있는 문장까지 동원해서 의도적으로 "예술에서는 명확한 선이 결정적이다"라는 말을 즐겨 하곤 했다. 회계 고문관 슐체는 처음에 그 말에 속아 넘어갔었다. 하지만 그 문장을 다시 한 번 들었을 때는 그 의도를 눈치 채고 기분이 상해서 자기 아내에게 "나는 살이 찐 것이 더 좋은데"라고 말했다. 그 말은 고문관 사모님 기분을 좋게 해주었다. 그것이 그녀가 유일하게 내세울 만한 점이었기 때문이다.

---

3) 일반적으로는 사시(斜視)에 대해서 은유적인 농담으로 쓰이곤 하는 말이나 여기에서는 '은빛'이라는 단어 그 자체를 강조하고 있음.

제 2 장

 해가 빛나고 있었고 부드러운 바람이 불었다. 게오르겐 거리로 들어선 후 여기저기에서 여전히 잎이 무성한 가지를 판자 울타리 위로 드리우고 있는 나무들을 본 사람이라면 누구나 틀림없이 9월 초순이라고 여겼을 것이다. 여러 집 앞과 회계 고문관 슐체네 집 앞으로까지 '피디헨 가구 운송, 마우어 거리 17'이라는 글씨가 박힌, 아마천으로 만든 현수막을 단 커다란 대형차가 한 대 서 있지 않았다면 말이다. 차에는 여러 부분으로 분해가 된 침대 틀의 옆 부분들이 비스듬히 기대어져 있었다. 길 옆 둑 위에는 부엌용품이 담긴 바구니가 놓여 있었고 바로크 양식 액자에 끼워진 그림 한 장이 그 바구니에 기대어져 있었다. 그림은 곱슬거리는 앞머리와 꽃무늬 코르셋 정도가 볼 만한 전부라고 할 수 있었다. 화가가 가장 중요한 부분은 눈에 거슬리지 않도록 고려를 해서 그리는 걸 단념하고 그 안에 숨겨져 있는 모습 그대로 두었기 때문이었다. 어디로 보나 여름 피서 철이 끝나는 시기였다. 그러니까 9월 초가 아니라 10월 초, 사람들이 피서지에서 돌아오는 시기로 게오르겐 거리가 매우 활기를 띠고 있었다. 게오르겐 거리에서 그런 차와 그림을 매일 볼 수 있는 것은 아니었다. 그래서 서너 명의 어른과 한 무리의 아이들이 차와 그림 주위에 서 있었다.

그림을 관심 있게 바라보고 있는 사람들 가운데에 스물여섯 살쯤 되는 청년도 한 명 있었다. 그의 나이를 알아맞히기는 쉽지가 않았다. 얼굴에서 풍기는 인상과 검은 턱수염이 서로 어울리지 않았기 때문이었다. 인상은 젊은데 수염은 그를 중년 남자로 보이게 만들었다. 하지만 수염이 그를 부당하게 그렇게 보이게 만들었다. 그는 겨우 스물여섯 살이었다. 그리고 중키보다 조금 더 큰 키에 어깨가 넓었다. 몸매와 수염으로 보아선 남자다웠다. 일반적으로 사람들이 잘생긴 남자라고 하는 바로 그런 모습이었다. 보기 좋은 훤칠한 인물이었다.

그는 그림을 다 살펴보자 자신의 원래 용무로 다시 돌아가서 제방 도로 너머로 맞은편 길가에 서 있는 집들을 살펴보기 시작했다. 그는 방을 구하고 있는 중이었다. 그리고 운이 좋았다. 그의 시선이 맞은편 집을 채 향하기도 전에 그는 대문 위에 붙어 있던 쪽지를 읽었다. "3층으로 올라와서 왼쪽 집, 우아한 가구가 딸린 방 세놓음." 그가 고개를 끄덕이는 모습이 마치 "감이 오는데. 여기에 거처를 마련해야겠어"라고 생각하는 것처럼 보였다. 그는 곧장 도로를 건너가서 3층으로 올라갔다. 그리고 위에 도착했을 때 원래는 4층이라는 사실에 기분이 약간 언짢아졌다. 벨을 누르고 나서 그는 오래 기다릴 필요가 없었다. 뫼링 부인이 문을 열었다.

"댁에 있는 방인가요?"
"방 때문인가요? 맞아요, 여기예요. 보고 싶으면……"
"부탁합니다."

뫼링 부인은 창문이 하나 나 있는 가운뎃방으로 되돌아 들어갔다. 그 방은 오른쪽 방과 왼쪽 방으로 통하는 응접실로 이용되고 있었다. 응접실 안에는 책이 한 줄 꽂혀 있는 책장 이외에는 아무것도 없었다. 책장 위에는 새장이 하나 놓여 있었는데 여름에 죽은 검은 방울새를 대신해서 아직 다른 새를 다시 들여놓지 않고 있었다. 그 밖에 의자 두 개와 바닥깔개로 사용되는 흰색 아마포 조각이 있었다. 창가에는 아랄리아 화분 하나가 있었고 그 옆에 작은 물뿌리개가 함께 놓여 있었다. 모든 것이 옹색하긴 했어도 아주 정갈했다. 뫼링 부인이 오른쪽의 세놓을 방으로 들어가는 문을 열었다. 그 방에 모든 애쓴 흔적들이 집중되어 있었다. 빨간색 벨벳 천을 씌웠고 등받이 머리 부분 덮개가 없는 약간 주저앉은 소파, 명함 접시, 페르벨린 전투의 대선제후[4] 그림, 그리고 비단 천 조각을 모아 꿰매어 붙인 누비이불을 깔아놓은 나무 침대가 있었다. 침대는 검정색으로 칠해져 있었다. 물주전자는 커다란 유리쟁반 위에 놓여져 있어서 주전자가 항상 달가닥거렸다.

턱수염을 한 미남은 주위를 둘러보았다. 그리고 자신이 몹시 혐오하는 두 가지 물건인 석판 인쇄 그림과 등받이 머리 덮개가 없다는 사실을 알고는 곧장 세를 드는 쪽으로 마음이 기울었다. 방 주인 쪽에서 몇 가지 사소한 편리를 배려해주는 것을 전제로 해서였다. 비싸지 않게 책정된 가격은 전혀 이의를 제기할 필요가 없었다. 수위 문제와 집 열쇠, 모든 게 규칙대로였다. 마틸데가 응접실에서 안으로 들어왔을 때 그는 집 열쇠에 대해서 묻고 있었다. "내 딸입니다"라고 뢰링 부인이 말했다. 마틸데와 미남은 인사를 나누면서 서로를 살펴보았다. 그녀는 뚫어지게, 그는 건성으로 바라보았다.

"제가 그다지 번거롭게 해드리지 않고도 몇 가지 소소하게 필요한 것들을 제공받을 수 있다고 생각합니다. 아침 식사, 커피와 계란, 차, 소다수입니다. 제가 소다수와 그 비슷한 음료를 많이 마셔서요."

마틸데는 그 말을 당연하다는 듯이 받아들였고, 전부 집에

---

[4] 프로이센 호엔촐레른 왕조의 프리드리히 빌헬름Friedrich Wilhelm, 제위 기간 1640~1688.

있는 것들인데 번거롭다니 말도 안 되는 소리라고 장담을 했다. 그와 같은 것들은 방세에 함께 포함되어 있는 거나 마찬가지이다, 건물은 조용하고 만족할 만하다, 건물 주인이 아주 호감이 가는 신사로 피아노 치는 사람은 절대로 집에 들이지 않아서 음악 소리가 없다고 했다.

"그거 잘 된 일이군요." 턱수염을 한 남자가 미소를 지었다. "그럼 해 지기 전에 다시 들러서 결정을 알려드리겠습니다."

그는 그렇게 말하면서 챙이 넓은 부드러운 털모자를 다시 들고는 모녀에게 작별 인사를 했다.

마틸데는 그를 복도 문까지 배웅했다. 마틸데가 다시 돌아오자 어머니는 평소에는 앉기를 꺼려하는 벨벳 소파에 앉아서 노란 별들을 덧 꿰매어 붙인 작은 비단 쿠션을 쓰다듬고 있었다.

"틸데야, 어떻게 생각하니? 그 방은 벌써 방학 때부터 비어 있잖니. 세를 놓을 시기이긴 해. 그는 더 생각을 해보고 나서 우리에게 결정을 알려주겠다고 하는데, 그건 몸을 사리는 거야. 다시 오고 싶지 않은 사람들은 모두 그런 식으로 말을 하지."

"그는 다시 올 거예요."

"그래? 틸데야, 네가 그걸 어떻게 아니? 그럴 거라면 바로 방을 빌렸겠지."

"물론이지요. 그는 그렇게 할 수 있었어요. 하지만 어떤

제 2 장 19

사람은 절대로 금방 예, 라고 말하지 않아요. 그럼 사람은 항상 곰곰이 생각을 하거든요. 그 말은 그가 정말로 곰곰이 생각한다는 뜻이 아니에요. 그가 그런 식으로 말을 해서 결정을 약간 뒤로 미룰 뿐이라는 뜻이지요. 금방 예, 아니요, 라고 말할 수 있는 사람은 많지가 않아요. 그리고 그는 분명히 그렇게 하지 못하는 사람이고요."

"내참, 틸데야. 너는 그런 말을 전부 마치 계시록처럼 말하고 있구나. 실은 아무것도 모르면서."

"물론 제가 다는 모르지요. 하지만 저는 많은 걸 알고 있어요. 제가 '어머니, 일은 이래요'라고 말을 하면 일이 실제로 그렇기도 하거든요. 그는 다시 올 거예요."

"그럼 얘, 왜 그가 다시 온다는 거니?"

"그가 안일하고 자기 고집이 없고 졸장부이기 때문이지요."

"틸데야, 제발 그런 말 좀 항상 하지 말렴. 네가 입에 담아서는 안 되는 말들을 너는 너무 많이 알고 있어."

"그래요, 어머니. 그런데 왜 안 된다는 거지요?

"너에 대한 평판을 나쁘게 만드니까 그렇지."

"아, 평판이요. 저에 대한 평판은 아주 좋아요. 또 그럴 수밖에 없고요. 저는 훤히 다 알고 있거든요. 그리고 알고 있기 때문에 저는 조심하고 있어요. 아주 굴욕적일 정도로 조심하고 있다고요. 아무도 저를 어쩌지는 못할 거예요. 에이, 어머닌. 몇 마디 말투인 걸요. 그건 그냥 내버려두라고 하세요.

저는 계속 그렇게 말하겠어요. 그런 말투는 제 기분을 좋게 해주거든요. 만약 제가 항상 경건한 체하면서 게으르게 주변을 어슬렁거리며 돌아다니고 있다는 그런 소리를 듣게 되면 그때는 제 상태가 아주 나쁜 거겠지요."

"아주 나쁘고말고. 네 말을 들어보니 그렇기도 하구나. 내 참, 너 하고 싶은 대로 말하렴. 내가 너를 바꿀 수는 없는 노릇이지. 너는 어렸을 때부터 항상 자신의 의지를 가지고 있었어. 그래서 아버지가 항상 '놔둡시다. 그 아이는 잘 될 거야. 어떻게든 먹고 살 거야'라고 말했었지. 그래, 그렇게 말했어. 그 말이 맞을지 원. 그런데 왜 그가 자기 고집이 없다는 거니? 네가 다시 올 거라고 말한 그 신사 말이다. 그리고 왜 그가 다시 올 거지?"

"어머닌 정말 아무것도 모르시는군요. 그 사람 눈 보지 못하셨어요? 또 검은 턱수염하고 약간 곱슬거리는 단정한 머리도요. 어머니께서도 그 정도는 아셔야지요. 그런 사람들에게는 절대로 별일이 생기지 않거든요. 어머니께 말씀드리고 싶은 게 있어요. 방이 그의 마음에 썩 든 것은 아니지만 또 싫은 것도 아니지요. 방을 구하는 일과 층계를 오르내리는 일은 지루하고 수고스러워요. 그래서 그는 속으로 '흠, 이 집이나 저 집이나 다 마찬가지군. 조용하고 피아노 소리도 없고 알록달록한 누비이불이라…… 거기에 세를 들어서 안 될 게 뭐람'이라고 생각하고 있다고요. 그가 지금 어떻게 시간을 보내고 있는지도 제가 말해볼게요. 방을 찾아서 돌아다니고 있다는 건 말도 안 되는 소리지요. 그러기에는 그는 너무 안일한 사람이에요. 그는 여기로부터 역 쪽으로 가서 거기에서 독일 비프스테이크를 먹거나 아니면 혹시 야우어 소시지[5]만 먹고 있을지도 모르지요. 쿨름바하 맥주를 한 잔 마시면서요. 그런 다음에는 계속해서 카페 바우어[6]로 가겠지요. 그런데 그곳은 그에게 너무 불편할 거예요. 그가 귀찮게 방해받는 것도 똑바로 앉는 것도 좋아하지 않기 때문이지요. 그 카페에서는 그렇게 해야만 하거든요. 그러면 그는 포장마차로 가서 커피를 마시면서 사람들이 카드놀이를 하거나 체스를 두는 걸 바라보겠지요. 그리고 부유한 주막집 주인이 자기 마차를 타고 앞서 가면서 말에게 맥주 한 컵을 주라고 하면 아주 조용히 혼자서 웃고 있을 거예요. 그 일이 끝나면 동물원을 가로질러 쉬프바우어담까지 어슬렁어슬렁 걸어갔다가 다리를 건너 3층으로 올라와서 세를 들 거예요. 일이 제 말대로 되지 않으면 새장에 검은 방울새를 다시는 기르지 않겠어요."

마틸데의 말이 맞았다. 턱수염을 한 남자가 포장마차에 있었는지는 확인할 수 없지만 그가 다섯 시와 여섯 시 사이에 위

---

[5] 뷔텐덴 나이세 강변의 야우어—오늘날 지명은 야보르—지방에서 나는 유명한 독일 소시지.
[6] 베를린의 운터 덴 린덴 거리에 있던 명소.

에 있는 뫼링네로 다시 와서 세를 든 것만은 확실히 맞았다.

"제 물건이 아직 건너편에 있는 이곳 역에 있습니다. 여기 표가 있어요. 사람을 보내서 짐꾼이나 아니면 심부름꾼이 그 물건들을 옮겨다 놓도록 해줄 수 있겠지요. 저는 친구를 방문하려고 합니다. 제가 돌아왔을 때 물건이 도착해 있었으면 합니다."

뫼링 부인은 모든 것을 약속했다. 그가 나가자 마틸데가 말했다. "봐요, 어머니. 누가 옳았지요? 어머니는 그가 포장마차에 있었다는 것도 듣게 되실 거예요."

제 3 장

 물건이 왔다. 트렁크 하나와 커다란 박스 하나였다. 모녀는 박스를 창가로 바짝 밀어놓았지만 트렁크는 트렁크 받침대 위에 올려놓았다. 그리고 응접실 왼쪽에 있는 자기네 거실로 돌아왔다. 그 안은 정돈이 잘 되어 있었고 궁색해 보이지도 않았다. 팔걸이가 높은 쿠션 의자 앞에는 양탄자가 하나 깔려 있었다. 장미 무늬 양탄자였다. 가운데에 금이 간 세워 놓는 거울 옆에는 화분 받침대 두 개가 세워져 있었고 화분 안에는 빨간색과 하얀색 제라늄이 심어져 있었다. 마호가니장 위에는 마카르트 부케[7]가 놓여 있었고 장 옆에는 둥글

---

7) 마른 꽃과 화초를 이용해 만든 꽃다발로 제국 건설 시기에 인기가 있었다. 마카르트라는 이름은 제국 건설 시기의 화려한 취향에 상응하는 선정적이며 격정적인 그림을 그렸던 오스트리아 화가 한스 마카르트Hans

게 휘어진 진주 자수 장식품이 들어 있는 벽걸이 장이 걸려 있었다. 흰색 난로는 윤이 났으며, 놋쇠문은 더 윤이 났다. 난로와 기다란 벽 쪽으로 나 있는 문 사이에는 타원형 소파를 마주하고 긴 안락의자 하나가 놓여 있었다. 그 의자는 겨우 얼마 전에 한 하급 대사관 직원이 열었던 경매에서 구입한 물건으로 지금은 이 집 장식품이 되어 있었다. 의자 곁에는 작은 탁자가 있었고, 그 위에는 이상할 정도로 큰 소리로 종을 치는 추시계가 놓여 있었다.

마틸데는 머리 가르마를 좀 매끈하게 다듬으려고 거울 앞에 섰다. 머리카락이 아주 가늘어서 가닥으로 뭉쳐 갈라지곤 하기 때문이었다. 어머니는 소파에 등을 꼿꼿이 세운 자세로 앉아서 맞은 편 벽을 바라보고 있었다. 벽에는 피페라로[8] 한 명이 바위에 앉아서 낭적[9]을 불며 천진난만하고 행복스럽게 세상을 바라보고 있었다. 마틸데는 어머니가 꼿꼿하게 똑바로 앉아 있는 것을 거울을 통해서 보고는 몸을 돌리지 않은 채 말했다. "왜 어머니는 지금 또 딱딱한 소파에 앉으셨어요? 등을 기대지 못하시잖아요. 도대체 우리에게 안락의자가 왜 있는 거지요?"

Makart(1840~1884)에서 연유한다.
8) 벽에 걸린 그림 속의 이탈리아 압루천의 양치기로 크리스마스에 로마로 이동해서 마돈나 상 앞에서 낭적을 연주했다. 거리 악사에 대한 칭호이기도 하다.
9) 가죽으로 만든 바람 주머니가 달린 옛 피리.

"그래도 그렇게 앉으라고 있는 것은 아니지."

"당연히 그렇게 앉으라고 있는 거예요. 당연하지요. 그것을 살 수 있는 돈이 없었을 뿐이지요. 어머니는 지금 어머니가 금방 의자를 망가뜨리고 구멍이 나도록 앉아 계신다고 생각하세요. 제가 의자 살 돈을 모았어요. 그리고 어머니에게 의자를 사드릴 수 있어서 저는 기뻤다고요."

"그래, 틸데야. 네가 기특하게 말을 하는구나."

"어머니는 항상 허리가 아프셔서 끊임없이 하소연하시잖아요. 그러면서도 그 의자에는 기대지 않으려고 하시니. 어머니가 옳으시다면야 좋지요. 하지만 의자는 망가지지 않아요. 어떻게 그런 일이 생기겠어요. 어머니는 몸무게가 백 파운드도 되지 않는데요."

"그만큼은 된단다."

"그렇다고 해도요. 의자란 앉은 자국이 좀 있을수록 더 좋아요. 그건 마치 빌려와서 우리가 거기 앉는 것을 무서워하는 것처럼 그냥 거기 놓여 있기만 한 걸요. 형편이 그 정도로 나쁘진 않아요. 우린 정말 그럭저럭 지낼 만하고 집세도 제때에 내고 있는 걸요. 그런데 왜 어머니는 편하게 지내지 않으시는 거예요? 의자 역시 사용하고 있는 것으로 보이면 더 좋아 보여요. 거울도 오래되었고 소파도 낡았는데 안락의자만 그렇게 새것이면 안 되지요. 그럼 서로 어울리는 것이 아니라 방해가 되는 거예요. 앙상블[10]에 어긋나는 거지요."

"내참, 틸데야. 제발 그런 프랑스 말만은 쓰지 말렴. 그럴 때마다 당혹스럽구나. 내가 자랄 때만 해도 모든 게 아직은 그렇지 못했었지. 우리 아버지는 학교에 대해서는 알려고도 하지 않으셨으니까. 내참, 너도 알 거야. 사람이 읽는 곳마다 막혀버리니. 여기 그 사람 명함 좀 보렴. 후고 그로스만. 그건 나도 알겠구나. 그런데 그의 직함인지 아니면 그가 무슨 일을 하고 있는지 쓰여 있긴 한데 그건 모르겠구나. 이 약자가 무슨 말이니?"

"시험 준비생이라는 말이에요."

"응응, 그래. 그거 잘 됐구나. 그럼 목사나, 아니면 그런 사람이 될 거라는 게지."

"아니요, 이 사람 경우는 아니에요. 사법고시생일 뿐이에요. 말 그대로지요. 그는 대학 공부는 다 마쳤고, 이젠 국가고시를 봐야 해요. 그리고 그가 그 시험에 붙으면 사법관 시보이고요. 지금 대학생과 사법관 시보 사이에서 오락가락하고 있는 거예요."

"그가 있어만준다면 좋겠구나. 그가 머물 거라고 생각하니?"

"물론 머물고말고요."

"넌 항상 그렇게 확실하구나, 틸데야. 어떻게 그가 머물

---

10) 전체적 조화를 의미하는 프랑스 말.

건지 안다는 거니?"

"아이, 어머니도. 또 아무것도 모르시네요. 그 사람은 한 번 앉은 자리에 눌러앉을 거예요. 그는 안일하거든요. 만약 그가 다시 이사를 간다면 그 전에 틀림없이 좋지 않은 일이 있어야만 하지요. 그런데 우리 집에서는 나쁜 일이 생길 턱이 없잖아요. 우린 얌전하고 예의바르고 항상 친절하고 정해진 대로만 하고 우리 일에만 신경 쓰니까요."

"네 생각에는 그가……"

"아이 참. 그는 황금 같은 사람이에요. 그런 사람하고는 오래 함께 지낼 수 있어요. 우리에겐 지금까지 그 정도로 점잖은 사람이 있었던 적이 없었는 걸요. 그리고 어머니는 그가 시험을 앞두고 있다는 점을 생각하셔야 해요. 우리 집엔 피아노 연주가 없어요. 마당에서 살짝 들려오는 손풍금 소리, 그가 그 소리는 듣지 못할 거예요. 제가 더 많은 것도 말씀드릴게요, 어머니. 그 사람은 그냥 머무는 정도가 아니라 오래 머물 거예요. 그가 아주 열심히 노력하지는 않을 테니까요. 그는 사실 '오늘 못 하면 내일 하지 뭐' 하는 식으로 보이거든요. 어쩌면 내일도 못 할지 모르고요."

아직 집 열쇠가 없던 후고 그로스만은 열 시 삼 분 전에 집에 와서 자신에게 제공된 모든 배려에 감사를 표했다. 그는 아주 피곤하다고 했다. 지난밤에 여행을 했지만 또 다른 많은 일들도 있었다고 했다. 응접실에서 잠깐 동안 계속 할 일이 있었던 뫼링 부인은 그가 성냥을 켜는 소리를 들었고, 그 직후 문 아래로 응접실까지 비쳐 나오는 불빛을 보았다. 그런 다음 그가 서둘러 잠자리에 들고 싶어하는 사람처럼 재빠른 동작으로 장화를 벗는 소리를 들었다. 그리고 채 1분도 지나지 않아서 그 방은 다시 어두워졌다.

다음 날 날씨는 전날처럼 좋았다. 뫼링네는 아침에 일찍 일어나는 사람들이었다. 그리고 오늘은 여섯 시에 벌써 일어났다. 하숙생이 일찍 일어나는 타입인지 알 수 없어서였다.

"그가 아침에 일찍 일어나는 사람이라고 여겨지지는 않아요"라고 마틸데가 말했다. "그래도 알 수 없지요. 많은 사람들이 첫날은 잠을 설치니까요."

마틸데가 그 말을 했을 때는 시간이 이미 여덟 시 정도는 되었었다. 그녀가 말을 덧붙였다. "보세요, 어머니. 그가 잠을 깊이 자는데요. 그 사람 때문에 어머니가 밤에 깨어 있을 필요가 없겠어요. 이제 자명종을 맞추어놓는 일은 더 이상 필요 없겠네요. 저도 좋은데요. 겨울이 되면 우선 저도 푹 자고 일어나서 커피를 마시면서 기다리는 것이 더 좋거든요. 정각 여덟 시에 좋은 빵만 골라서 사 오기만 하면 되니까요."

그녀는 그 말을 하면서 일어나서 작은 추시계를 바라보았다. 벌써 여덟 시 반이 몇 분 지나 있었다.

"어머니, 제가 문을 두드려봐야 할 것 같아요. 저는 그가 아홉 시간 정도 잘 거라고 짐작했어요. 그런데 지금 열 시간하고 삼십 분이나 지났는데요. 어머니는 어떻게 생각하세요?"

"물론이지. 그에게 무슨 일이 일어났을지도 모르겠고."

"맞아요, 그럴 수도 있어요. 하지만 설마 그렇지는 않겠지요."

새 하숙생은 정각 한 시에 뫼링네로 들어와서 식사를 하겠다고 말했다. 그는 자기 방을 서둘러 치울 필요는 없고 일곱 시 전에는 되돌아오지 않을 거라고 했다. 만약 누가 찾아오면 "여덟 시"에 온다고 말해달라고 했다. 그러면서 아주 점잖게 인사를 하고 물러났다. 모녀는 그가 집 건물 밖으로 나갈 때 응접실 창문을 통해서 내다보았다.

그들이 창문을 다시 닫았을 때 어머니가 말했다. "정말 잘생긴 사람이구나. 단지 그가 아직도 반은 학생이라는 사실이 이상할 뿐이지. 틸데야, 결국은 네가 착각하고 있는 걸 거야. 틀림없이 서른 살 가까이는 되었을 거다."

"그래요, 어머니 말씀이 맞아요. 그는 그렇게 보여요. 검은 턱수염이 그렇게 보이게 하지요. 또 어깨가 넓어서이기도 하고요. 하지만 그의 나이가 스물여섯 살 이상은 아닐 거라는 제 말을 믿어보세요. 턱수염 역시 나이와는 상관이 없고요. 그는 단순히 게으르고 몸에 원기가 없을 뿐이에요. 그저 축 처져서 사람이 그렇게 나이가 든 것처럼 보이는 거지요.

게다가 감상적이기까지 한 걸요."

"그래, 그럴지도 모르지." 노인이 말했다. 하지만 그녀는 말은 그렇게 했어도 속으로는 조금도 그가 "감상적"이라고 생각하지 않았다. 그저 반박하고 싶지 않았을 뿐이었다.

한 시간 후에 마틸데는 방을 정돈했고 어머니는 부엌에서 일을 했다. 각자 계란 프라이 하나에 기름에 볶은 감자를 곁들여 먹자고 얘기를 했었다. 상을 보고 볶은 감자에 특별히 계란 프라이 두 개가 식탁에 올라왔을 때 딸도 방 정돈을 끝냈다. 모녀는 자리에 앉았다.

"만족스럽니, 틸데야?" 노인이 그 날을 축하하기 위해 자신이 준비한 계란 프라이 두 개를 가리키며 말했다.

"예." 틸데가 말했다. "저는 어머니가 두 개 다 드시면서 맛있어하시는 것을 보면 만족하겠어요. 어머니는 자신에게는 베푸시는 게 없으시잖아요. 그래서 또 그렇게 마르신 거고요. 감자가 좋은 음식이긴 하지만 힘을 많이 나게 하지는 않아요. 그리고 우리 형편이 그렇게 불안해 할 정도는 아니고요. 저금통장도 있잖아요. 이젠 어머니를 다시 더 잘 보살펴드릴게요. 식사가 끝나면 어머니에게 차를 한 잔 만들어드리지요. 그는 설탕을 넣지 않았어요. 포장도 벗기지 않았네요. 모든 면에서 점잖은 사람이라는 것을 알 수 있어요. 자 드세요, 어머니." 그녀는 노인 앞으로 설탕을 놓으면서 손을 토닥거렸다.

제3장 31

"그래, 착하구나, 틸데야. 네가 좋은 남자를 만나기만 한다면."

"아이, 그만두세요."

"나는 늘 그 생각이다. 그리고 또 왜 못 만나겠니? 네가 저기 거울 앞에 서 있을 때처럼 너는 옆에서 보면 아주 예쁜데."

"아이, 그만두세요, 어머니. 깎은 보석 조각 같은 얼굴이라는 말이 정말일 수 있고 또 저 스스로도 그 말이 사실이라고 생각은 해요. 하지만 사람이 항상 옆으로 서 있을 수는 없잖아요."

"너는 그럴 필요까지는 없단다. 어쨌든 너는 잘 배웠고 훌륭한 증명서도 있으니까. 아버지가 더 오래 사셨다면 지금쯤 네가 바라던 대로 여교사가 되었을 텐데. 많은 사람들이 교양 있는 걸 아주 대단히 좋아하지. 건너편 방 그 사람은 어떻다고 생각하니? 모든 게 정상이지? 모든 점에서 점잖지? 아주 가난한 사람 같지는 않더구나. 나무나 마분지가 거의 섞이지 않은 통가죽 트렁크가 있던데. 그런 물건은 항상 좋은 집안 자제들이나 가질 수 있는 것이지."

"정말 맞아요, 어머니. 그래요. 그 점에 있어서는 의견이 같네요. 그리고 그에 관해서도요. 좋은 집안 자제라는 말씀 말예요. 서랍장 위에 손수건과 털양말이 아직 놓여 있었어요. 어머니가 그걸 나중에 한번 보세요. 전부 아주 똑같이 표시가 되어 있거든요. 양말도요. 털실로 표시를 한 게 아니라 전부 빨간색 표시실로 되어 있어요. 틀림없이 아주 정갈한 어머니나 아니면 누이가 있을 거예요. 왜냐하면 다른 사람이 그런 일을 그렇게 정확하게 하지는 않거든요. 장화도 괜찮았어요. 그는 분명히 좋은 가죽을 생산하는 지방에서 온 것 같아요. 모든 면에서 그 사실을 알 수 있었어요. 러시아 가죽 서류가방도 있어요. 무두질이 잘 되어 있던데요. 저는 러시아 가죽 냄새를 맡는 걸 좋아해요. 그리고 책은 모두 아주 훌륭하게 제본이 되어 있었어요. 너무 잘 되어 있다 싶을 정도지요. 모든 것이 마치 많이 사용하지 않은 것처럼 보이는 게 일요일 분위기가 나요. 단지 쉴러에만 책갈피 표시와 접힌 자국이 가득해요. 그가 거기에 어떤 온갖 것을 끼워 넣었는지 어머니는 상상도 못 하실 거예요. 우표 가장자리, 삼실, 달력 종이 찢은 것들이지요. 영국 책들도 놓여 있었어요. 번역된 책들이지요. 그가 그 책들을 더 많이 읽은 것이 분명해요. 느낌표와 커피 자국이 많고 여러 군데 '멋지다' 아니면 '대단하다' 또는 그 비슷한 말들이 써 있거든요. 하지만 이제 어머니에게 차를 만들어드려야겠네요. 끓는 물이 아직 있나요?"

"물론이지. 끓는 물은 항상 있지……"

틸데는 그렇게 말을 하고 갔다가 잠시 후 쟁반을 들고 돌아왔다. 하숙생이 아침 차를 마셨던 바로 그 쟁반과 찻주전자였다.

"그가 차를 마셔서 정말 다행이에요." 틸데가 말했다. 그녀는 어머니에게 새로 우려낸 차를 한 잔 따른 다음 자신에게도 한 잔 따랐다. "커피는요, 다시 우려내면 항상 필터 맛이 나거든요. 그런데 차는 원래 두번째 우려낸 맛이 제일이에요." 틸데는 그렇게 말하면서 설탕 두 조각을 작은 조각 여러 개로 나누어서 접시를 어머니 쪽으로 밀었다.

"너도 들렴, 틸데야."

"아니요. 저는 설탕을 좋아하지 않아요. 하지만 어머니는 단 것을 좋아하시잖아요. 항상 조금씩만 입 안에 넣도록 하세요. 저는 어머니가 맛있게 드시고 다시 뚱뚱해지시면 기쁘겠어요."

"그래." 노인이 웃었다. "네가 좋은 뜻으로 하는 말이지. 허나 뚱뚱해지다니. 맙소사 틸데야, 어떻게 그렇게 되겠니?"

제 4 장

후고 그로스만은 일곱 시에 돌아왔다. 그는 응접실에서 틸데를 만났다. "누가 왔었나요, 아가씨?"

"예, 어떤 신사분이요. 다섯 시경에 왔었어요. 여덟 시에 집에 다시 계실 거라고 했더니 다시 온다고 했어요."

"그래요, 이름을 말하지 않았나요?"

"말했어요. 폰 리빈스키라고 생각되는데요."

"아, 리빈스키. 그거 잘 됐군."

여덟 시가 채 지나지 않아서 역시 벨이 울렸다. 다시 온 리빈스키가 안으로 안내되었다.

"그로스만, 반갑네."

"잘 있었나, 리빈스키. 자네가 나를 만나지 못한 걸 사과하네. 자, 앉게. 내가 오후에는 항상 나돌아다녀서."

"알고 있지." 리빈스키가 의자를 소파 곁으로 밀면서 말했다.

"케페르니크[11]지! 그런 장거리 경주는 끝날 때가 되지 않았나? 실제로 자네에겐 어울리지도 않아. 자네는 시골 우체부라기보다는 잠자는 7인[12]에 더 걸맞아. 그런데 왜 그루네발트와 빌머스도르프 사이에서 늘 왔다 갔다 하는 건가? 아니면 지금은 다른 곳을 왔다 갔다 하고 있나?"

"먼저 밝혀야겠군. 나는 여기 있은 지 겨우 스물네 시간밖에 안 되었다네. 어제 일찍 건너편 프리드리히 거리에 도착했거든. 다시 이곳에 있다는 사실이 다행스럽기도 하고 또 그렇지 않기도 하군. 오빈스키는 촌이라네. 당연하지. 하루 종일 특별한 일이라곤 없으니까. 게다가 어머니와 누이는 끊임없이 불만을 늘어놓고 책 한 권, 그림 한 장에 대한 이해라곤 전혀 찾아볼 수 없으니. 장터에 춤추는 곰이 오기라도 하면 마치 볼터[13]가 특별출연이라도 하는 것 같다니까…… 흠,

---

11) 프리츠 케페르니크Fritz Käpernick, 1887년 사망. 1880년대에 장거리 달리기 선수로 명성을 날렸다.
12) 전설에 의하면 서기 251년 7명의 젊은이들이 기독교도에 대한 박해를 피해서 도망치다가 지금은 터키령인 도시 에페소스 근처의 한 동굴에 몸을 숨겼었다. 추적자들은 그들을 발견해서 산 채로 동굴 안에 가두고 동굴을 막아버렸다. 하지만 그들은 죽지 않고 거의 200년 가까이 잠을 자다가 서기 446년 6월 27일, 사람들에 의해 발견되었고 잠에서 다시 깨어났다고 한다. 그 후 6월 27일은 잠자는 7인의 날로 정해졌다.
13) 샬롯테 볼터Charlotte Wolter(1834~1897), 1862년부터 비엔나 극장의 비극적 여주인공으로 활동했으며, 당대 최고의 여배우로 존경받았다.

바로 그런 것들 모두가 내 취향과 안 맞아. 하지만 그런 촌구석에도 좋은 점은 있지. 한가롭거든. 그래서 여러 가지 생각들이 있을 때 그 생각들에 매달려볼 수가 있다네. 벼락치기 공부란 한계가 있잖나. 아, 리빈스키, 이제 다시 시작이군. 자네는 어떻게 하고 있나? 언짢게 받아들이진 말게. 폴란드식 빵모자를 쓰고 있는 자네 모습이 좀 연극적으로 보여서. 바지 위로 신은 장화도 그렇고. 보충 학습 코스에서 바로 오는 것 같아 보이진 않아."

"대단한 감각이야, 그로스만. 보충 학습 코스에서 바로 오다니, 그건 아니지. 하지만 바로라는 말이 맞기는 하다네. 교수대로부터 바로 오는 거니까……"

"롤러[14]처럼 말인가?"

리빈스키가 고개를 끄덕였다.

"실없는 소리 말게, 리빈스키. 무슨 말인가?"

"내가 무슨 말을 하는지는 나중에 말하겠네. 우선 자네와 오빈스키 사람들에 대해서 말해보게. 우연히 우리 아저씨를 만났나? 말 시장이나 돈이 필요하실 때면 가끔 시내에 가시는데. 지난번 내 편지에 답장이 없으셨거든. 돈이 마침 다 떨어지신 모양이야. 자네 아버님은? 도대체 어떻게 돌아가셨나? 아직 예순도 되지 않으셨을 텐데. 재산은 어떻게 되었

---

14) 쉴러의 「군도」에 나오는 인물. 그의 대사 '나는 교수대로부터 직접 오는 길이지'와 관련된 농담조의 대화.

나? 재산이 있다는 소문이 늘 돌았는데."

"그래, 소문은 늘 그랬었지. 자세히 따져보면 아무것도 없다네. 아버지 사무실에 상자가 하나 있었지. 일종의 금고 같은 거였다네. 우리는 그 상자를 존경스럽게 바라보곤 했었지. 우리 모두 그 안에 재산이 있을 거라고 생각했으니까. 우리가 나중에 거기에서 무엇을 발견했는지 한번 생각해보게."

"글쎄, 생각했던 것의 반 정도였나 보군."

"그래, 그렇게 생각하는군. 그런데 학생회원 모자, 대학생 가요집, 그리고 목이 긴 사냥 장화 한 쌍이 그 안에서 나왔다네. 누런 가죽이 마치 발렌슈타인에게서 얻기라도 한 것처럼 꼭 그랬다니까."

"자네 아버님이 님노트[15] 같은 분이셨나……? 그건 그렇고, 먼저 시가 하나 주겠나. 저기 작은 상자가 보이는데. 커다란 유산 상속 상자가 자네를 실망시킨 것처럼 그런 식으로 그 상자가 나를 실망시키는 일은 없기를 바라네. 그래, 아버님은 신사라기보다 사냥꾼이셨나?"

"맙소사, 아버지께서는 그러기에는 너무 안일하셨고 항상 추워하셨지. 아마 처음 시장이 되셨을 때나 함께 사냥을 나가셨을 걸. 하지만 내가 거의 어른이 다 된 소년이었을 때는, 그러니까 우리가 고등학교에 입학하기 위해 이노브로클라브

---

15) 구약 성서에 나오는 사냥꾼.

로 가기 직전에는 고작 삼림 감독원이나 관청 고문관 집에서 식사가 있을 때만 항상 외출하셨지. 그리고 한 번은 식사가 이탄지 감독관 집에서 있었지. 나는 그 일을 아직도 정확하게 알고 있다네."

"그래도 자네 아버님은 멋진 남자였어."

"그래, 그러셨지."

"자네보다 박력도 더 있으시고."

"흠, 생각하기 나름이지. 우리는 대체로 똑같거든. 아버지도 시험 준비를 위한 복습 학습 코스를 결코 좋아하지 않으셨지. 아마 그 점에 있어서는 우리가 똑같을 거야. 아버지는 사법관 시보 시험을 치르고 나서는 긴장을 풀고, '두 번이나 낙방하고 겨우 사법관 시보가 되어서 800탈러를 받다니. 아니, 그렇다면 차라리 오빈스키 시장이 낫지'라고 말씀하셨어. 게다가 이미 오래전에 약혼도 하셨었고."

"자 봐, 후고. 내가 박력이라고 하는 것이 바로 그런 거야. 그건 결단이었어. 자네 아버님의 가족들은 분명히 그 결정에 반대하면서 아버님을 장관으로 만들고 싶어했었을 거야. 선량한 소도시 사람들은 장관만 알지 그 아래는 모르거든. 우리 모두가 초대되었다고 믿고 있는, 잘 알려진 행운 사냥에서 그들은 금빛 피뢰침이 달린 교회 탑만 보고 그 길이 얼마나 멀고 도중에 걸려들 함정들이 얼마나 많이 있는지는 알지 못하지. 나는 그 과정에서 하차한 사람들 편이라네."

"자네, 그냥 그렇게 말하는 거지? 말로만 말이야."

"아니, 아주 실질적으로 하고 있는 말이라네. 나에게 자네 아버님 사진 한 장 선물하게. 아버님을 보면서 모범으로 삼게."

"하지만 한스, 자네가 시장이 되고 싶다는 건 아니겠지. 그리고 자넨 아직 사법관 시보 시험을 앞두고 있기도 하고. 아버지께서는 힘든 일을 절반은 해치우신 뒤에 시장이 되셨어. 요즘은 너나할것없이 채용되는 것도 아니잖나. 최소한 사법관 시보는 되어야 하지. 자네, 나 없는 동안에, 그러니까 나 몰래 시보가 되지는 않았겠지? 자네가 나에게 새로운 자격으로 자신을 소개하러 온 것처럼 보이지는 않네. 잠깐 있어보게. 건너편에다 먼저 저녁 식사를 조금 주문해야겠네. 하숙집에서 저녁 빵이라고 하는 거지. 사람들이 스위스 치즈를 발견한 건 행운이야. 차를 주문할까 아니면 그로그주로 할까?"

"보통은 한두 잔 하는 것이 좋긴 하지. 그러면 얼마나 마실지는 내 손 안에 들어 있는 게임인데. 술병이 비는 곤경에 빠지지 않는다는 걸 전제로 해서 말일세. 하지만 오늘은 그만두도록 하지, 후고. 대단한 기회를 위해서 연회를 아껴두세."

"국가고시 말인가?"

"그것은 너무 불확실하지. 우선 그 자체가 그렇다네. 이 말은 우리가 거기까지 가게 될 지 모른다는 거지. 그런 다음 그 결과에 있어서도 마찬가지이고. 아니, 내가 아껴두려고 하는 것과 커다란 기회라는 말은 다른 의미라네. 내 첫번째 저녁을 말하고 있는 걸세."

"자네 말을 따라가지 못하겠군, 한스. 말이 우습긴 하지만 자네가 하는 말은 베일에 가려져 있네. 처음에는 교수대에서 바로 오는 것이라고 하면서 수수께끼 해명은 나중에 하겠다고 하더니 이젠 첫번째 저녁이야……"

"내가 자네 이해력을 과대평가했군. 어쨌든 그런 평가는 몇몇 사람들의 견해에 의하면 별반 의미 없는 선심이라고는 하지만. 논리학과 수학의 관계에서 그렇다지 아마. 논리학자들이란 전부 이해하는 것이 하나도 없으니. 그래도 나는 이상하게 생각할 수밖에 없군. 우리가 도대체 무엇을 위해 쾨닉스 광장 주변을, 왼쪽으로는 몬트[16] 그리고 오른쪽으로는 크롤[17]과 작은 에프[18]를 헤맸고 지금까지의 모든 햄릿 해석을 비난하면서 새롭고 더 심도 깊은 해석을 연구했지? 내가 나의 첫번째 저녁에 대해서 말하고 있는데 자네가 결국 전혀 알려고 들지 않는다면 내가 무엇 때문에 아말리에[19]와 아델하이트 폰 루네크[20]를, 밀포드[21]와 에볼리[22]를 비교하고 있는

---

16) 그 당시 쾨닉스 광장 주변에 있던 한 카페로 추정됨.
17) 요제프 크롤Joseph Kroll(1791~1848)이 1844년 베를린에서 당시의 쾨닉스 광장 옆에 개업했던 유흥업소. 나중에 크롤 오페라 극장이 됨.
18) 그 당시 쾨닉스 광장 주변에 있던 한 카페로 추정됨.
19) 쉴러의 희곡 「군도」에 나오는 인물.
20) 구스타프 프라이타크Gustav Freytag의 희곡 「저널리스트들」에 나오는 인물.

거지? 그럼 솔직하게 말하겠네. 나의 첫번째 「군도」[23] 공연이 있는 저녁에 대해서 말하고 있는 거라네. 코진스키 역이지. 나는 복습 학습 코스를 다니는 일 따위는 너무 지루해졌다네. 좋은 결과에 대해서 여전히 확신을 하고 있다 해도 말이야. 짧게 말해서 나는 다이히만[24]에게 갔었다네. 오늘 내가 같이 한 세번째 연습 공연이 있었지. 크라우스네크[25]는 롤러 역으로 훌륭했다네. 나는 조만간 성격 배우 역할도 해볼 생각이야. 연인 역은 단지 과정일 뿐이라네."

"과정이라고! 그리고 「군도」라니! 그게 가능한가? 그럼 일주일 후에는 광고에 쓰여 있겠네, '코진스키 역―리빈스키'라고. 아니면 자네의 귀족성 '폰'을 그대로 사용하고 싶나?"

"아니. 사람이 자기 가문을 위한 생각은 좀 해야지. '폰'은 지울 거라네. 적어도 무명일 동안은. 나중에 다시 쓸 수 있겠지."

"자네 그걸 염두에 두고 있나?"

"당연히 염두에 두고 있지. 누구나 그런 계산은 한다네.

---

21) 쉴러의 「간계와 사랑」에 나오는 인물.
22) 쉴러의 「돈 카를로스」에 나오는 인물.
23) 쉴러의 희곡 작품.
24) 프리드리히 빌헬름 다이히만 Friedrich Wilhelm Deichmann(1821~1875), 1850~1872까지 베를린의 슈만 거리에 있는 프리드리히 빌헬름 극장을 운영했음.
25) 아르투르 크라우스네크 Arthur Kraußneck(1856~1941), 1884년부터 베를린에서 활동했던 배우.

게릭[26]도 원래는 귀족이었지. 그가 '명성은 귀족을 능가한다'라고 여기지 않았더라면 그 모든 일을 시작했을 거라고 여기나?"

"자네 그 말 전부 진정으로 하고 있는 건가?"

"정말 진지하게 말하고 있는 거라네. 더 많은 것도 진지하게 말해주지. 얼마 지나지 않아서 자네는 나에게 와서 '리빈스키, 그 모든 일을 중간에 집어치운 자네가 옳았어. 어떻게 생각하나, 내가 어떤 역에 어울릴까? 듀노이[27]인가 아니면 칼 모어[28]인가'라고 말할 걸. 내 말하는데, 자넨 타고난 칼 모어라네. 자네 팔이 참나무에 묶이는 장면이나 노인을 탑에서 꺼내오는 장면에서도 자네는 틀림없이 대단할 거야."

"그렇게 여기나?"

"자네는 대체로 도취해서 흔들리는 성향이 있지. 그런 점이 그 역에 어울리거든. 또 자네는 칼 모어가 '나는 이 시계를 장관에게 빼앗았소'라고 말할 때의 확신에 찬 음성도 지

---

26) 데이빗 게릭David Garrick (1717~1779), 영국의 연극배우이며 탁월한 셰익스피어 해석가로 명성을 날렸고 유럽 연극사에서 가장 중요한 인물 중 한 명으로 여겨지고 있다.
27) 쉴러의 「오를레앙의 처녀」에 나오는 인물.
28) 쉴러의 「군도」에 나오는 인물. 동생 프란츠 모어의 간계 때문에 장자의 권리를 잃고 복수심에 불타서 도적의 무리에 가담한 후 그들의 도움으로 동생이 탑에 가둔 아버지를 구하지만 결국은 법의 심판에 자신을 맡기게 되는 비극적인 인물.

니고 있다네. 물론 장관은 법무부 장관이었고. 그에 대해서 자네는 곧 나처럼 화를 내게 되겠지. 나는 달리 생각하거나 결정할 모든 가능성을 배제해버렸다네. 인생에서 모든 것은 오로지 용기의 문제일 뿐이야."

"흠, 들어보게 한스. 그래도 또 다른 많은 것들이 인생에 관여를 하고 있다네."

"사랑을 말하는군. 나에게 그런 말은 하지 말게. 쓸데없는 소리라네. 많은 사람들이 그런 식으로 미쳐 있지. 그리고 자네에게서도 벌써 그런 기미가 보이네. 그렇게 산책을 많이 하고 레나우[29]와 졸라[30]에게(졸라에 관해선 우선 자네를 따라 해야 한다는 점은 부수적이고) 똑같이 도취해 있는 사람은 사랑의 모든 넌센스에 재능이 있지. 그리고 그런 것이 용기처럼 보이기도 하지만 그 반대라네. 사랑이란 단지 졸장부 짓이라네. 안일하게 지내기 위한 것이며 집 열쇠 문제일 뿐이지. 후고, 조심하게. 하지만 만약 자네가 정상적으로 발전하고 커다란 실수를 저지르지 않는다면, 그러니까 정상적으로 순서를 밟아가며 계속 발전한다면 말일세. 그럼 오늘 내가

---

29) 니콜라우스 레나우Nikolaus Lenau(1802~1850), 헝가리 출생의 오스트리아 시인으로 독일의 낭만적 염세주의 전통을 이어받은 서정시로 유명하다. 우수와 절망을 노래하는 세계고(世界苦)의 시인으로 자연시를 통해서 자연과 인간의 내적 조응을 노래했다.
30) 에밀 졸라Émile Zola(1840~1902), 사회비판적인 작품을 쓴 프랑스 자연주의 작가.

있는 자리에 자네는 내일 도착하게 될 걸세. 나는 자네에게 오늘은 그 정도로 말해두고 싶네. 자네는 사법관 시보는 되겠지. 아마 그건 가능할 거야. 하지만 배석판사는 절대로 되지 못하네. 시험 공부 따위는 그만두게. 모두 쓸데없는 짓이라네. 나는 내 파펜하이머[31]를 알고 있지."

그때 노크 소리가 났다. 그로스만이 일어나 문으로 다가가서 열었다. 마틸데 뫼링이 밖에 서 있었다. 그녀는 시내에 가야 한다고 했다. 그래서 어머니만 계시기 때문에 혹시 그로스만이 저녁에 부탁하고 싶은 것이 있는지 물어보려고 했을 뿐이라고 했다.

"고맙습니다, 마틸데 양. 폰 리빈스키 씨는 전부 사양했습니다. 우리는 '프란치스카너'로 갈 겁니다. 소다수 한 병을 가져다주면 좋겠군요."

그가 다시 자리에 앉자 리빈스키가 말했다. "자네 그렇게 해서는 환심도 사지 못하겠군. 소다수라니. 그런 것은 속물들이나 마시는 거라네."

"우선은 그 말이 대단히 의문스럽군. 왜냐하면 소다수를 청한 것은 전에 무엇을 마셨느냐와 관련이 많기 때문이지. 그리고 또 나는 환심 같은 것은 사고 싶지도 않네. 뫼링 부인은 하찮은 셋방 주인이고 아가씨는 그 딸이야. 거기다 환심

---

31) 쉴러의 「발렌슈타인」에 나오는 인물.

을 사려 하다니. 우리가 아직 그 정도로까지 하락하지는 않았네. 게다가 레나우를 쓸데없이 공부한 건 아니잖나."

"바로 그거야 그거. 서정시가 어리석은 짓을 막아주지는 못하지. '고요한 호수 위에 부드러운 달빛이 머무르고 있다' 그저 약간의 달빛만 필요로 할 뿐이지. 그러면 모든 것이 변화를 일으킨다네. 그러면 호수가 현관이 될 수도 있지."

"자네를 이해할 수 없군, 한스. 그처럼 전혀 아무 근거 없는 말을 하다니."

"인간에게 있어서 가장 훌륭한 점은 예감이라네. 그녀는 깎아 놓은 보석 조각 같은 옆얼굴을 하고 있어. 엄격하고 고상하고 눈가에 작은 힘이 있고 잿빛 금발머리더군. '그 어떤 속세의 여인네들도 결코 그렇게 걷지 않는다네, 그 어떤 속세의 인간도 그녀를 낳지 않았지……'32)"

"쓸데없는 소리. 그게 무슨 말인가. 사실 그녀는 그저 이상하게 생긴 여자일 뿐인데."

"그렇게 말하지 말게. 그런 말은 보복을 한다네."

"무슨 말인가. 모두 쓸데없는 소리이고 오만일세. 자 나가지. 자네 데뷔는 언제인가?"

"다음 주 화요일이라네. 행운을 빌어주게. 아니 와서 박수를 쳐주면 훨씬 더 좋겠군."

---

32) 쉴러의 담시 「이비쿠스의 두루미들」에 나오는 구절. 그리스의 복수의 여신들인 에리니에들을 의미하고 있음.

제 5 장

 그 다음 며칠은 조용히 지나갔다. 후고는 오전에 복습 학습 코스를 다녀와서는 식사를 하고 빌머스도르프로 갔다. 저녁에는 집에 있었다. 적어도 대부분이 그랬다. 그는 모든 면에 있어서 전형적으로 착실한 생활을 했다. 마틸데의 눈에 특별히 들어온 것은 그가 하고 있는 공부였다. 그녀가 눈으로 보고 그가 직접 준 암시로 들어서 알고 있는 모든 사실을 종합해보면 그는 국가고시를 준비하고 있었다. 또 매일 아침 외출을 할 때는 항상 책 한 권과 노트 한 권을 지니고 나갔다. 그렇지만 마틸데는 그가 집에 돌아오면 공부를 전혀 하지 않는다는 사실을 확인했다. 그가 사들여서 창가에 세워놓은, 서서 글을 쓰는 높은 책상 위에 두꺼운 책 몇 권이 널려 있긴 했다. 하지만 아침마다 먼지가 얇게 앉아 있었다. 그가 저녁 시간 내내 그 책들을 보지 않았다는 증거는 그것으로 충분했다. 그가 읽는 것은 소설들이었다. 특히 그가 이삼일마다 집으로 서너 권씩 가져오는 희곡 작품들도 역시 있었다. 그 책들은 작은 문고판이었고, 그 중 몇 권은 항상 탁자 위에 놓여 있었다. 책장이 접혀 있거나 혹은 문장 부호나 연필 줄로 읽던 자리가 표시되어 있었다. 마틸데는 그의 마음에 들었거나 아니면 그의 의심을 일깨웠던 부분을 정확하게 살펴볼 수 있었다. 느낌표가 있는 부분들도 있었고 의문 부호가 세 개나 되는 부분들조차 있었기 때문이었다. 그래도 몇 권만 그랬다. 대부분의 문장부호나 주석은 『인생은 하나의 꿈』[33]이라는 책에 있었고, 그 책이 그의 관심을 가장 많이 끌었던 것처럼 보였다.

"어머니," 틸데가 말했다. "저 방에서 기적이 일어나지 않는 한 그 사람은 절대로 보지 않을 거예요."

"뭘 말이냐, 틸데야?"

"시험이요. 우리에게야 좋을 수 있지요. 시험이 오래 걸릴수록 그는 오래 있을 테니까요. 그리고 만약에 시험을 보고 나서 떨어져도 그는 머물 거고요. 그가 도대체 어디로 가겠어요? 그는 친구가 그렇게 많이 있어 보이지도 않던데요. 폴란드식 빵모자를 쓴 그 신사조차 아직까지 다시 오지 않았는 걸요."

---

33) 칼데론Pedro Calderon de la Barck(1600~1681)의 드라마.

물론 그 말은 나름대로 맞는 말이었다. 리빈스키는 처음 방문한 후로 아직까지 다시 온 적이 없었다. 하지만 그는 틸데 뫼링이 그렇게 말을 했던 바로 그날 저녁에 다시 왔다. 그리고 집에 있었던 자기 친구 후고도 역시 만났다.

"드디어 보는군, 후고. 자네는 내가 거짓말을 하고 코진스키와 관련된 일은 우스갯소리일 뿐이라고 생각했겠지. 하지만 아주 진지하다는 걸 내 자네에게 말해두지. 실은 괴로울 정도로 진지하다네. 그래도 괴롭다는 말은 당연히 피하고 싶군. 어쨌든 사람들 의견은 내가 틀림없이 호감을 살 거라는 거야. 어떤 사람은 오늘 새벽에 나에게 '내가 타고난 코진스키'라고 말하기까지 했다네. 그 사람은 유감스럽게도 스필베르크[34]였지. 허나 늘 그렇듯이 바로 그런 사람이 믿을 만하지. 그건 그렇고, 틀림없이 내일 모든 것이 결정날 걸세. 여기 자네에게 표를 가져왔네. 일등석 한 장은 자네 거고, 이등석 두 장은 건너편에 사는 자네 숙녀들을 위해서지. 그들이 그런 칭호를 듣고 있다면 말일세. 물론 그 사실이 의심스럽긴 하네. 자네에게 일등석표 석 장을 가져다 줄 수도 있었지만 내 생각에 두 사람이 자네 바로 곁에 있으면 혹시 자네를 난처하게 할 수도 있을 것 같아서. 특히 노인이 그렇겠지. 어쨌든 그녀는 지극히 서민적인 아낙네이니까. 그렇지만 솔직

---

[34] 쉴러의 「군도」에서 배신자이자 모사꾼으로 등장하는 인물.

히 말해서 나에게는, 그리고 감독에게도 이등석이 더 중요하다네. 일등석에는 항상 비평가들이 앉아 있거든. 만약 거기에서 그런 숙녀들 두 명이 환호를 보낸다면 우스꽝스럽지. 하지만 이등석이라면, 거기에선 모든 것이 허용이 된다네. 약간만 주의하면 이등석엔 기대를 걸 수 있겠어. 아래에 있는 자네 좌석은 구석 자리라네. 모든 걸 고려했지. 그런데 자네 반응이 시원찮군."

"아냐, 한스. 생각이 단지 조금 다른 데 가 있었을 뿐이라네. 자네가 속였을 거라고 생각하지는 않았네. 그 사이에 무슨 일이 있었을 거라고 여겼지. 시간을 좀 오래 끌었기 때문에……"

"아, 이해하네. 어쨌든 사람들은 안 될 거라고 말을 했었으니까. 나에게는 아무 일도 일어나지 않을 거라고 했었지."

"예민하게 굴지 말게. 자네는 아직 무대에 나서지 않았네. 그런데 벌써부터 예민해지고 있군. 하지만 그것은 내가 방금 했던 생각의 일부분일 뿐이라네. 생각의 다른 부분은 뫼링네 두 사람에 관한 거지."

"참 자네도. 표는 쉽게 바꿀 수 있다네. 자넨 일등석표 두 장도 역시 얻을 수 있네."

"아니, 그 말이 아니라네. 정반대지. 이등석에 관한 것은 나를 위해서 자네가 사려 깊게 잘 생각해서 처리한 걸세. 좌석은 다르다 해도 데리고 가는 일 자체가 좀 그렇군. 그런 일은 사회적으로 신분이 동등한 대우를 해주는 것 같거든. 그리고 만약 내가 노파와 늙은 모어에 대해서 이야기를 하거나, 아니 내 쪽에서 시작하지는 않을 테니까 그녀가 나와 이야기를 하면 우리는 친밀한 사이라는 건데. 그렇게는 잘 되지 않을 거라네. 그리고 그런 여자가 도대체 무슨 이야기를 할 수 있겠나? 모든 것을 난처하게나 만들 뿐이지."

"아, 후고. 그건 어리석은 말일세. 자넨 그녀가 쓸데없는 말이나 할 거라는 정도로 알고 있으면 되네."

"그래도 나는 그들을 거기로 데려가고 끝나면 다시 집까지 함께 와야 하네."

"나는 그렇게 생각하지 않네. 자네는 그들에게 선물을 하고, 그 다음은 그들 마음대로 하도록 내버려두게."

"그렇군. 자네가 옳아. 그렇게 해야겠어. 자네가 냉정하다고 여길 정도로 왜 내 생각이 다른 데 가 있었는지 이젠 알았겠지. 냉정하다니 말도 안 되네. 사실은 마치 내 자신이 코진스키를 연기하는 것처럼 흥분이 되는데."

"무슨 일이 생길지 누가 알겠나."

그 말을 하면서 친구는 다시 자리를 떴다. 아직 수많은 일을 처리하고 생각해야 한다고 했다.

"필리피에서 다시 보세. 용감하게 싸우게. 패배하면 나는 칼날 위에 쓰러져야만 한다네."[35]

---

35) 셰익스피어의 희곡 「줄리어스 시저」에서 인용.

"나에게 칼을 잡고 있으라는 요구만은 하지 말게."

후고는 리빈스키가 가자마자 두 여자에게로 건너가서 그들에게 표 두 장을 주었다. 일등석은 매진되었고, 그것이 그들이 떨어져 봐야 하는 이유라고 했다. 하지만 자신이 항상 올려다보고 있겠다고 했다.

뫼링 부인은 아무 말도 하지 못했다. 하지만 틸데는 그 상황을 쉽게 받아들이고 대단히 점잖게 사람이 변한 듯 완전히 다른 태도로 "자기들을 생각해준 것은 대단한 호의이며 그걸 커다란 영광으로 생각한다"고 말했다.

"그래요"라고 노인이 말했다. 노인도 그 말을 하고 싶었다고 했다.

그리고 몇 가지 질문과 서로 경의를 표하는 말이 오고 갔다. 그런 후 후고는 다시 자기 방으로 건너왔고, 노인은 난로 곁으로 발판을 밀어놓고 앉았다. 틸데는 소파에 앉아서 작은 석유램프를 밀어 놓고 그 옆으로 노인을 건너다보았다.

"틸데야, 뭘 입지? 검은 비단옷은 안 될 거야. 그 옷은 원래 상복으로 해 입은 것이기도 하고. 만약 그 위에 빨간색 스카프를 한다 해도, 그러기에는 내가 너무 늙었고."

"아이 어머니도. 어머니는 가만히 계시기만 하세요. 제가 어머니를 적당히 꾸며드릴 테니까요. 리본 몇 개면 되겠지요. 아무도 쳐다보지 않을 거예요. 쳐다봐도 상관없고요. 나이 든 여자에게는 모자가 중요해요. 어머니 모자는 아직은 아주 쓸 만하지요. 약간 주름을 잡아 다림질을 하면요. 어머니는 마치 백작 부인처럼 보이실 거예요."

"아, 애야, 그런 말 좀 하지 마라."

"참 어머니도. 제가 말씀드리는 대로 우리 그렇게 해봐요. 약간 꾸미고 차려입는 일은 별것 아니에요. 저는 화장법을 배웠잖아요. 꽃 만드는 것도 배웠고 레이스 만드는 것도요. 제가 어머니와 저를 꾸미지 못한다면 그건 아주 이상한 일이지요. 그는 어머니 모습에 놀랄 거예요. 그리고 그가 연극이 끝난 후 우리를 한 카페로 데리고 가면……"

"아, 틸데야, 너는 어떻게 그런 것까지 생각을 할 수 있니?"

"참, 아니면 아닌 거죠 뭐. 저는 거기에 매달리진 않아요. 단지 그런 인상이 들었을 뿐이에요. 또 약간은 그와 우리가 함께 속해 있는 것처럼도 보이고요."

"그래, 그래. 맞는 말이긴 하다."

"저어, 어머니, 며칠 전부터 말씀드리고 싶었던 일이 있어요. 우리 늙은 룬첸을 다시 집에 들여요. 항상 한 시간씩만 그녀가 건너편 방을 청소하고 심부름을 할 수 있게 해요. 제가 그런 일 하는 것에 반대하지는 않아요. 그리고 저에게는 그런 일이 문제 되지도 않고요. 그런데 최근에 그가 뭔가를 잊었었어요. 그리고 하필이면 제가 온통 물을 첨벙이며 물일을 하고 있을 때 왔지 뭐예요. 양동이는 방 한가운데 있었고요. 그때 제가 난처하더라고요. 저는 정말로 룬첸을 고용했으면 해요. 그럼 그녀가 우리가 필요로 하는 심부름도 할 수 있잖아요."

어머니는 잠시 생각을 하고 나서 말했다. "틸데야, 돈이 드는 일이야. 또 그가 방을 해약하면 어떻게 될지도 모르고……"

"그럼 우리도 해고를 해요. 룬첸은 분별 있는 여자예요. 그리고 방을 해약한다는 게 무슨 말씀이세요! 저를 믿으세요, 그는 방을 해약하지 않을 거예요."

다음 날은 대단한 날이었다. 커다란 종이 상자 안에 들어 있던 물건들이 안락의자 위로 쏟아져나왔다. 내용물을 좀더 자세히 살펴보기 위해서였다. 상자 안에는 리본과 오래된 꽃들이 들어 있었다. 노인은 그 일이 마음에 들지 않았다.

"틸데야, 그것들은 전부 부푸러기가 일었어. 그런 것이 우리 사치품이라니. 도대체 그것들이 전부 어디서 났는지 모르겠구나."

하지만 틸데는 주눅 들지 않았다. 그녀는 자신과 노인에게 필요한 것을 찾아내 열심히 손질했다. 그리곤 옅은 갈색 장갑 두 켤레를 빨았다. 비누 냄새가 후고의 방까지 풍겼다. 그런 다음 다림질을 했다. 틸데는 이상할 정도로 기분이 좋았다.

"불이 달아오른 걸 좀 보세요." 그리곤 그녀는 부집게로 난로 빗장을 닫았다.

"틸데야, 너 표 챙겼지?" 그 말이 집을 나서기 전에 그들이 한 마지막 말이었다. 그들의 하숙생 후고 그로스만은 하루 종일 모습을 보이지 않았다. 그는 그렇게 해서 뫼링네를 동반하는 문제를 영리하게 벗어났다.

코진스키는 세 번 불려나왔다. 박수를 치고 싶지 않았던 노인은 역을 맡았던 연기자가 다른 쪽을 향해 인사할 때 그에게 고개를 끄덕여주는 것으로만 만족했다. 그리고는 소란이 여전히 계속되는 동안에 틸데를 향해 말했다. "그는 정말 잘 했어. 그에게 그렇게 많은 어려움이 있다니. 틀림없이 굉장히 힘들었을 거야."

"맙소사," 틸데가 말했다. 그녀는 모든 것에 거부하는 태도를 보였다. 후고가 이등석을 올려다보는 걸 피하고 있는 것을 눈치 챘기 때문이었다. 그는 한 번 올려다보았다. 그리고 인사도 했었다. 하지만 아주 형식적이고 딱딱한 인사였다. 그래도 마틸데는 결국 좋은 쪽으로 마음을 먹었다. 위대한 꿈이 다가왔고 흰 머리카락이 재판에서 중요해지는 장면이 상연되고 있을 때 그녀는 속으로 생각했다. 그가 위를 쳐다보지 않은 것은 좋은 징조야. 그가 경솔한 사람이 아니고 일을 진지하게 여기기 때문일 거야. 그는 그런 일들에는 모두 적당한 거리가 필요하다고 생각하고 있어…… 그래, 그는 적당한 거리에 대해서 이미 몇 번 나에게 말을 했었지…… 그리고 그는 아직 완전히 매듭을 짓지 않았어…… 그는 이 일을 장난으로 여기고 있지 않은 거야…… 그녀는 그 생각을 계속 하지 못했다. 노인이 말을 걸어왔기 때문이었다. "틸데야, 누가 늙은 하인이었는지 좀 살펴보렴. 그는 정말 몹시 몸을 떠는데."

"아이, 그만두세요." 틸데는 노인에게 자신이 들고 있던 사탕 봉지를 주면서 말했다.

뫼링네는 외투와 모자를 스스로 밖에 맡겨 두었었다. 틸데가 그렇게 하자고 고집을 부렸었다. "어머니, 어머니는 제가 돈을 아낀다는 건 아시지요? 하지만 때로는 어쩔 수가 없어요. 그리고 때론 점잖은 것이 가장 영리한 것이기도 하고요"라고 틸데는 말했었다.

"네가 그렇게 여긴다면야, 틸데야. 하지만 번호 하나에다 같이 맡기자꾸나."

지금 그들은 모자의 망사로 얼굴을 가린 후 계단을 내려왔다. 틸데는 아래 대기홀에서 서성거렸다. 그들의 하숙생이 바 한쪽에 서서 그들을 기다리고 있을 수 있다고 여겼기 때문이었다. 하지만 그는 거기에 없었다. 그 사실이 새로운 불쾌감을 안겨주었다. 그리고 순간 '혹 내가 잘못 생각하고 있는 걸까?'라는 물음이 다른 때라면 전혀 흔들림이 없는 틸데를 덮쳤다. 하지만 그녀는 자기네 하숙생의 성격을 아주 정확하게 알고 있다고 믿었기 때문에 잘라내버릴 수 없는 낙관주의 아니면 축복어린 희망에 사로잡혀 자신에게 말했다. 그는 당연히 친구에게 축하를 해줘야 할 거야. 그래서 두 장소에 동시에 있을 수 없을 거야.

그들은 열 시가 넘어서 겨우 집에 왔다. 하지만 건물 현관 열쇠를 가지고 있었기 때문에 전혀 폐를 끼치지 않았다. "봐라, 틸데야. 아주 잘 했지?" 노인이 열쇠를 자기 손가방에서 꺼내면서 말했다.

"참, 어머니도. 마치 저는 그렇게 하는 걸 원치 않았던 것 같네요. 당연하지요. 더구나 저는 우리가 열한 시나 되어야 올 수 있지 않을까 생각했는데요."

그들은 층계에서 마침 가스를 끄고 있던 수위를 만났다.

"아주 좋았다면서요?" 그가 말했다.

"아니, 크릭호프 씨, 벌써 알고 있어요?"

"예. 우리 이다도 거기 갔었어요. 이다는 항상 거기 가지요. 그 애가 연극에 대해서 뭘 좀 알거든요."

"그래요, 맞아요." 틸데가 말했다. "연극은 교양을 쌓게 해 주지요."

그러면서 모녀는 층계를 계속 올라갔다. 수위는 호의적으로 두 사람을 위해서 불을 층계 중간까지 비춰주었다.

위에 도착해서 틸데가 말했다. "저, 어머니, 우리 차 한 잔

제5장 57

만들어 가지고 그가 올 때까지 기다려요. 그 역시 우리를 보고 싶어할 거고 우리가 즐거웠는지 듣고 싶어할 거예요."

"아, 틸데야. 정말 끔찍했단다. 그 늙은 남자 말이야, 그의 모습도 그렇고, 또 그가 거기에서 밖으로 나오고 다른 남자가 바로 안으로 들어간 장면도 끔찍했어. 흠, 그때 한시름 놓긴 했다. 그런 사람이 자유롭게 돌아다닌다고 생각을 하면……"

"그 사람은 전혀 그렇게 할 수 없어요, 어머니. 벌써 오래전 일인 걸요. 또 그건 꾸며낸 것이기도 하고요. 어머니는 항상 그런 이야기를 정말이라고 생각을 하시니."

"그래 얘야, 어째서 내가 그런 생각을 안 하겠니. 나쁜 사람들이 정말 많이 있는데……"

"그래요, 그래요. 단지 트레프토브의 모피 장인에 관한 이야기만은 하지 마세요. 저는 그가 자기 아내를 담비 가죽으로 질식시켜 죽였다는 사실을 알고 있어요. 하지만 좋은 사람들도 있어요."

"그래 그런 사람들도 있지. 지금 우리 집 건너편 방에 들어 있는 사람 역시 좋은 사람이라고 나는 믿는다."

"예, 그 사람은 아주 좋은 사람이에요. 이 말은 제가 생각하는 것처럼 그가 그렇다면 말이에요."

"그래, 너는 항상 네가 확실하다고 말하지."

"역시 확실하기도 한 걸요. 단지 가끔 불안해지기도 하지만요. 하지만 불안은 곧 다시 사라져버려요."

제 6 장

뫼링네는 자정까지 기다리며 이미 두 번이나 차를 다시 우려냈다. 그래도 하숙생이 여전히 오지 않자 노인이 말했다. "틸데야, 무엇 때문에 이렇게 석유를 많이 태워버리고 있는지 모르겠구나. 그는 이제 더 이상 오지 않아. 그가 온다 해도 아마 우리가 취한 상태에 있는 자신을 보는 걸 원치 않을지도 모르고. 아마 퇴퍼 호텔에 앉아 있을 거야. 그 아래 지하실 말이다. 그 사람들은 항상 거기에 앉아들 있지."

그런 다음 그들은 자리에 들어 역시 조용히 누워 있으면서 말을 하지 않았다. 하지만 결코 잠이 든 것은 아니었다. 틸데는 저녁 내내 후고가 보여준 행동과 자기 계산을 완전히 빗나간 그의 야간 술집 행에 골몰해 있었다. 노인은 여전히 연극 작품을 생각하고 있었다. 노인이 일어나서 가만히 말을 했을 때는 시계가 이미 한 시를 치고 있었다. "틸데야, 벌써 잠들었니?"

"아니요, 어머니."

"얘, 잘 됐다. 나는 좀 무섭구나. 차를 마셔서 그런가? 하지만 무서워서 가슴이 두근거리고 아직도 그 늙은 남자가 보이니……"

"아이, 어머니. 늙은 남자는 그만 잊으세요. 지금 그 남자는 아마 두 시간 전부터 자고 있을 거예요. 어머니도 주무셔야지요."

"단지 한 가지, 그 빨간 머리가……"

"그래요, 그는 자기 죗값을 받았어요."

"그리고 그 가엾은 아이 말이다. 그 처녀는 어떻게 되었을까? 이름이 뭐더라?"

"아말리에요."

"맞다, 아말리에. 고아나 다름없는데. 사람들이 그 늙은이를 다시 꺼내준다 해도 그가 더 이상 어쩌지는 못하겠지."

"그럼요. 그는 그럴 능력이 없는 걸요, 어머니. 이제 어머니에게 물 한 잔을 가져다 드릴게요. 그런 다음 다른 쪽으로 누워보세요."

"그렇게 해보마. 그리고 백까지 세어야겠다."

후고가 늦게 일어날 거라고 예상했었으나 그 반대였다. 그는 평소보다 더 일찍 벨을 눌렀고 아침 식사를 십 분 정도 기다려야 했다. 틸데는 그렇게 늦어진 걸 사과하려고 했다. 하지만 그는 그렇지 않다며 자신이 사과해야 한다고 했다. 네 시에 들어와서 일곱 시에 아침 식사라니, 그것이 부자연스러운 일이라고 했다. 그는 연극이 좋았는지를 물었다. 그 말은 뫼링네가 즐겁게 시간을 보냈는지를 묻는 거라고 했다. 또 리빈스키가 마음에 들었는지도 물었다. 그는 리빈스키가 칭찬을 받는지 밖으로 나가서 곧장 살펴보고 싶었다고 했다. 또 뫼링네가 박수를 치지 않은 것은 아주 잘 한 일이며, 그런 일은 남의 이목을 끌어서 피해를 주기만 한다, 그리곤 그들이 전부 박수 패거리였다고 신문에는 난다고 했다. 그 밖에 리빈스키가 새로운 역을 맡게 되면 다시 표를 보내겠다고 자기에게 말했고, 그 공연은 다음 주에 있는데 리빈스키는 프랑스 건달 듀노이를 연기한다고 했다. "당신은 그 역을 알지요, 틸데 양."

"예, 듀노이를 알아요." 틸데는 앞에 붙었던 표현은 빼고 이름을 강조해서 말했다. 그런 식으로 "건달"이라는 말이 부적절하다는 것을 후고가 느끼도록 하기 위해서였다. 그녀가 생각해낸 계획에는 무조건 덕성이 포함되어 있었다. 그래서 그녀는 비난조로 한 자신의 말에 더 많은 여운을 남기기 위해서는 대화를 중단하는 것 역시 적당하다고 여겼다. 그것은 그녀에게 아주 힘든 일이었다.

틸데는 건너편 자기네 방에서 응접실이 아니라 부엌을 통해 들어와 있던 룬휀을 발견했다. 그녀의 모습은 평소 그대로였다. 맥고모자에 왼쪽 눈에는 검은 안대를 하고 있었다.

"아 안녕하세요, 룬휀 아주머니. 잘 오셨어요. 어머니가 벌써 말씀하셨지요……?"

"그래요, 틸데 양. 어머니가 벌써 말씀하셨어요. 신사 한 분이 다시 들어왔다면서요. 내가 청소도 하고 심부름도 해야 한다고 그러셨어요. 그런데 언제로 할까? 나는 일곱 시부터 여덟 시까지는 건너편 페터만 대위 집에서, 그리고 여덟 시부터 아홉 시까지는 아래층 쿨릭크네 집에서 일하고 있는데."

"그럼 시간이 아주 잘 맞아요. 아홉 시부터 열 시까지가 제일 좋은 시간이거든요. 아니면 조금 늦게 하시든지요. 그 시간에 그는 항상 나가 있거든요. 그러면 마음 내키시는 대로 하실 수 있어요. 물건이 전부 어디 있는지는 아시지요? 그런데 그가 가끔은 집에 계속 있을 때도 있거든요. 그럴 때는 창 밖을 내다보고 있을 거예요. 그래요, 룬휀 아주머니. 그럴 때는 아주머니가 약간 적절한 차림새를 해주셨으면 해요."

"적절한 차림새를 하라니?"

"예, 아주머니. 물론 저는 조금만 그렇게 하자는 거예요. 아주머니가 공주님처럼 하고 오실 수는 없잖아요. 차림새를 그 정도로 많이 바꾸지는 않을 거예요."

"안 되지, 안 돼. 그 정도로 바꾸지는 못하지."

"그래도 꼭 필요한 정도는 하셔야 해요. 흰 앞치마를 두르시고요. 그리고 아주머니가 쓰고 계신 맥고모자는 벗도록 해주세요. 그가 집에 없을 때는 맥고모자는 쓰고 있으셔도 상관없어요. 사람들이 전부를 보지는 않거든요. 그렇지만 그가 집에 있을 때는 두건이 더 좋겠어요."

"그러지요, 아가씨. 그런데 두건은 어떻게 하나?"

"물론 아주머니는 두건을 가져오실 필요가 없어요. 우리 집 선반에서 언제든지 한 장을 찾으실 수 있을 테니까요."

"흠, 그렇게 해도 된다면 내가 그걸 그 동안은 쓰고 있지요."

"예, 룬췐 아주머니. 그리고 하나 더요. 하고 계신 검은 안대는 일주일 이상 사용하지 마세요. 제가 매주 일요일마다 새것으로 마련해 드릴게요. 그것이 아주머니에게 해가 되지는 않을 거예요."

제 7 장

「오를레앙의 처녀」가 공연되었다. 듀노이 역으로 리빈스키가 나왔다. 하지만 뢰링 모녀도 그들의 하숙생 후고 그로스만도 공연에 가지 못했다. 후고가 아팠기 때문이었다. 그는 열이 상당히 심해서 의사에게 사람을 보내달라고 청했다. 의사가 왔고 며칠 동안 병명이 확실치 않다가 어느 날 아침 무슨 병인지가 밝혀졌다. 의사는 뢰링네 방으로 함께 건너와서 말했다. "홍역입니다. 특별한 것도 위험한 것도 아닙니다. 하지만 주의는 해야 합니다, 뢰링 부인. 안 그러면 송장을 치르게 되고 우리도 어떻게 할지는 모릅니다."

"맙소사, 의사 선생님. 그는 우리 집에 들어온 지 겨우 6주밖에 안 되었어요. 그런데 그런 일이 생기다니요. 사람들이 그 소릴 들으면 아무도 하숙을 하려고 하지 않을 거예요. 얼버무리는 일도 안 되고요. 나쁜 사람들이 항상 정말 많이 있지요. 그리고 슐체네에게도 그 일은 좋지 않을 거예요."

"아마 그럴지 모르지요. 하지만 그런 말은 도움이 되지 않아요. 무엇보다도 그렇게 금방 겁먹지 마세요. 그는 아직 살아 있고 아마 또 계속해서 살게 될 거예요. 단지 주의를 하고 항상 젖은 수건을 침대 머리맡에 걸어놓으라는 충고를 하고 싶었어요. 세균을 조심해야 하고요. 또 특히 맞바람을 쏘이지 않도록 해주세요. 맞바람이 제일 나쁘니까요. 맞바람 때문에 모든 것이 안으로 다시 들어가서 몸의 중요한 기관들로 몰리게 되면……"

"아이고, 그런 일이 있을 리가……"

"그러면 우리는 송장을 치르게 됩니다."

마틸데는 그 자리에 없었다. 그녀는 시내에 갔다가 집으로 돌아와서 의사가 한 말을 듣고는 말했다. "어머니는 도대체 아무것도 감당을 못 하시니. 홍역이에요. 대수롭지 않은 거라고요. 홍역은 홍역일 뿐이지요. 어린애들이 모두 겪잖아요. 더구나 홍역은 건강하기까지 하다고 해요. 모든 것이 밖으로 빠져나오니까요. 그 점이 항상 제일 중요해요. 물론 주의는 해야지요. 또 그가 룬첸을 보지 않도록 배려도 해야 하고요. 그는 많은 경우에 있어서 아주 예민해서 한 번은 저에게 룬첸을 보면 소름이 끼친다고 말한 적도 있어요."

"아니, 그냥 그렇게 말을 한 거겠지……"

"아니요. 아주 진지하게 말했어요, 어머니. 항상 연극 작품들을 읽고 연극 구경을 가는 그런 사람들은 그래요. 그리고 검은 안대도요. 그것은 혐오스럽기까지 하지요."

"아, 틸데야. 우리네 같은 사람들이 그런 것까지 모두 겪어야 하다니. 그러면서 그것을 하늘의 뜻이라고 여기고, 게다가 또 감사까지 해야 하니."

"그렇게 말씀하지 마세요, 어머니. 그런 말은 불행을 가져와요. 욥을 생각해보세요. 그리고 천명들도요. 당연히 하늘의 뜻이지요. 그리고 감사해야 한다는 사람들 말도 역시 전적으로 옳은 말이고요. 적어도 우리는 감사하게 여겨야만 하니까요. 이 일이 우리에게는 아주 훌륭하신 하늘의 뜻이라고 말할 수 있기 때문이지요. 제가 스스로 궁리를 해내야 했다면 이 홍역처럼 좋은 생각을 해내지는 못했을 거예요."

"그렇게 생각하니?"

"물론 저는 그렇게 생각해요."

"하지만 도대체 무슨 이유 때문이니, 틸데야?"

"때가 되면 다른 기회에 말씀드릴게요. 입 밖에 내면 악마를 부르게 되니까요."

"내참, 틸데야. 너는 항상 모든 것을 계산하고 있지. 하지만 잘못 계산할 수도 있단다."

"그럴 수 있지요. 하지만 어머니는 제가 제대로 계산을 했다는 걸 보시게 될 거예요."

후고 그로스만이 홍역을 이겨내고 딱지가 떨어지는 상태에 이르자 의사가 말했다. "뫼링 부인, 우리는 그를 구해냈어요. 최악의 상태에서 벗어났다는 말이지요. 그래도 아직은 건강하다고 생각할 수 없어요. 조심을 배로 해야 합니다. 아주 사소한 실수까지도요. 귀에 이상이 올 수도 있어요. 아니면 너무 일찍 빛을 쏘여 눈에 이상이 올 수도 있고요. 그러면 그는 장님이 됩니다. 다른 한편으론 그를 여기에서 내보냈으면 좋겠군요. 젖은 수건이 좋긴 하지만, 항상은 안 돼요. 그를 다른 곳에 누일 수 없나요? 거처를 옮길 수 없냐는 말이지요. 응접실 옆쪽은 어떨까요. 물론 문을 잠가서 바깥과의 왕래를 모두 차단해야 합니다. 댁을 방문하고 싶은 사람은 부엌을 통해서 들어와야 합니다. 병은 모든 것을 용서하는 법이지요. 마틸데 양과 함께 생각해보십시오. 마틸데가 임기응변에 능하니까 아마 방법을 강구할 겁니다."

의사는 그렇게 말해놓고 갔다.

마틸데는 물론 의사가 그녀에게 보여준 높은 신뢰를 증명했다. 그녀는 말했다. "비른바움 선생님이 전적으로 옳아요. 그를 내보내야 해요. 제가 이미 수건 냄새를 더 이상 맡을 수가 없는 걸요. 하지만 응접실은 말도 안 되지요. 응접실이라니요. 그건 쫓겨난 것처럼 보여요. 그렇게 이쪽저쪽으로 휙휙 옮겨서는 안 돼요. 그래도 그는 대학 공부를 한 사람이고 시장 아들인데. 그리고 홍역은 우리 집에서 얻었잖아요. 어쩔 수 없이 우리 방으로……"

"아니, 틸데야. 그건 안 된다. 우리는 방이 하나뿐이야. 그 안에 침대하고 낯선 남자를 들이다니. 그건 안 된다."

"다 돼요. 하지만 침대 건은 전혀 불필요해요. 침대는 지금처럼 그대로 둘 거예요. 우리는 저녁에 그를 건너편 방으로 데려가서 몸이 드러나지 않도록 잘 감싸주고 그 위에 여행용 담요를 덮어주면 돼요."

"그럼 낮에는……"

"그가 낮에는 우리 방으로 건너와 있을 거예요. 그는 우리를 난처하게 만들 수 있는 일은 하지 않을 거예요. 그리고 저야 항상 나가 있을 수 있고요. 물론 어머니는 나가 계시지 않아도 되지요. 어머니는 나이가 든 여자니까요. 그가 어머니에게는 아들 같을 수도 있지요. 그는 어머니에게 어쩔 수 없이 의지를 해야만 할 거예요. 하지만 그렇게 하지는 않겠지요. 그는 너무 점잖으니까요. 그렇게 하느니 차라리 자신에게 해롭게 하고 말 걸요. 어쨌든 회복기 동안은 그를 항상 저 방에 두고 빛을 받지 않게 가리개를 반쯤 내려줘야 해요. 또 그에게 책을 좀 읽어주고 이야기도 해줘야 하고요. 하지만 아버지에 대해서는 너무 많이 이야기하지 마세요. 어머니는 항상 너무 세세한 것까지 늘어놓으세요. 그리고 아버지께서 뭐 그렇게 대단하셨던 것도 아니고요."

"그래도 아주 착한 사람이셨다……"

"예, 그랬지요."

"……아주 착한 사람이셨어. 그건 그렇고, 틸데야. 내가 말하고 싶은 것은, 너 그를 데리고 정말 어떻게 할 생각이니. 그의 침대는 저 방에 있고 그를 의자에 눕힐 수도 없는데. 그가 그렇게 오랫동안 똑바른 자세로 견딜 수는 없을 테고. 그는 아직은 아프고 허약한데."

"그래요, 그는 그렇게 할 수 없어요. 그래서 우리에게 안락의자가 있다는 사실이 얼마나 좋은지를 어머니는 지금 다시 보시고 계시네요. 저는 그 물건이 쓸모 있을 걸 알고 있었어요."

"그래, 그래도 된다고 생각하니? 우리에겐 말하자면 사치품인데. 세워 놓는 거울은 금이 가서 대단해 보이지도 않아. 그가 일어나려면 2주 아니면 4주는 걸린다는 사실을 너는 잊어서는 안 돼. 그러면 끝장이란다. 안락의자는 부푸러기가 일고 전부 짓눌려버릴 거야. 환자들은 불안정해서 이리 누웠다 저리 누웠다 하거든."

"바로 그것이 좋은 거예요. 그러면 전체적으로 골고루 퍼지지요. 부푸러기가 인다는 건 말도 안 돼요. 또 그럼 어때요, 어머니. 무엇을 원하는 사람은 역시 무엇인가를 내놓아야 해요. 그렇게 하면 그는 우리가 자기에게 최선을 다했다는 것을 알 거예요. 그리고 제가 그에 대해 알고 있는 바대로

제 7 장 69

라면 그 일은 그를 감동시킬 거예요. 그에게는 고상한 면이 있거든요. 그 사람 나름대로 그렇다는 말이지요. 그에게 너무 많은 걸 요구해서는 안 돼요."

그런 대화가 있었던 바로 그날, 후고 그로스만은 뫼링네 거실로 옮겨져서 안락의자에 자리를 잡았다. 그는 거기에서 아주 편안해 보였다. 작은 탁자가 그의 곁에 서 있었고 그 위에 헬리오트로프 화분이 하나 놓여 있었다. 하지만 그 꽃은 향기가 너무 강해서 하얀 과꽃으로 바뀌어졌다. 포도나무 잎 모양의 녹색 접시 위에는 귤 두 개가 놓여 있었다. 그 곁에 종 하나가 있었지만 장식품에 불과했다. 모녀가 항상 거기 있어서 그것을 미리 사용할 필요가 없기 때문이었다.

의사는 방을 옮겨준 것에 대단히 만족해서 후고와 단둘이 있을 때 그처럼 "착한 사람들"에 대해서 온갖 친절한 말을 해줬다. 그와 같은 사람들의 모든 태도에는 비할 바 없는 진정한 교양, 즉 마음에서 우러나오는 교양이 나타난다고 했다. 게다가 마틸데 양은 진짜 교양이 있으며, 그녀의 얼굴은 비교적 자주 보고 좀더 익숙해지면 예쁘기까지 하다고 했다.

바깥 응접실에 서서 모녀는 환자에게 무엇은 허용되고 무엇은 안 되는지에 대해서 여러 가지 질문을 했다. "항상 희미한 빛을 받게 해주세요." 의사가 말했다. "그가 정신적으로 혼미한 상태에 머물러 있다 해도 그렇게 하는 것이 가장 좋아요."

"그래도 그와 이야기는 해도 되지요?"

"그럼요, 뫼링 부인. 하고 싶은 말은 전부 하세요. 단지 자극적인 것만 빼시고요."

"아유 맙소사. 내가 어떻게 자극적인 말을……"

"책을 읽어주는 것은 괜찮겠지요?" 노인이 "자극적"이란 말을 너무 지나치게 확대하려고 하는 것을 본 틸데가 끼어들었다.

"그래요. 책을 읽어주는 것은 돼요. 하지만 많이는 말고 무거운 내용도 안 돼요."

틸데는 후고가 있는 방으로 다시 들어와서 의사가 무엇을 허용했는지 설명해주었다. 단지 저녁에는 항상 녹색 전등갓이 필요하다, 녹색 전구만으로는 충분치 않다, 또 그가 원한다면 책을 읽어줘도 괜찮다, 하지만 하루 서너 번씩으로 30분 이상은 결코 안 된다고 했다고 말해주었다.

후고는 아주 기뻐하며 고개를 끄덕였다. 병상에 있는 것이 지루해지기 시작했기 때문이었다. 틸데는 책은 충분히 있다면서 그가 무슨 책을 원하는지를 물었다. 그러자 그는 파라다이스가 등장하는 졸라의 이야기를 듣고 싶다고 했다. 그는 파라다이스가 묘사되는 부분까지 읽었고, 물론 거기에는 좀 거북스러운 장면들이 많이 등장하는데 틸데 양에게 그런 무리한 요구를 해도 되는지 모르겠다고 했다.

그가 그 말을 오를레앙의 처녀와 뒤노이에 대한 짤막한 대화를 떠올리고 하는 말임을 틸데는 바로 눈치 챘다. 그녀는 그 대화에서 "건달"이라는 말을 그것도 아주 예의바르게 거부했었다. 그녀가 그때는 윤리적인 입장을 확실히 해두어야 한다고 생각했다면, 지금은 항상 답답하고 좀스럽고 고루하게 보이는 윤리적 품행에 대한 생각과 편협하고 쫀쫀한 인상을 과장해서는 안 된다는 느낌이 들었다. 그래서 그녀는 안락의자 발치에 서서 일종의 윤리적 진지함을 지니고 그를 건너다보면서 말했다. 자신은 파라다이스의 묘사에 있어서는 정말 거기에 속하는 타락한 내용이 등장한다 해도 전혀 방해로 여기지 않는다, 자신이 그 정도로 수준이 낮지는 않다, 물론 처녀는 자신의 체면을 지켜야만 한다, 생활에서, 대화에서, 그리고 연극 작품들에서도 그러하다, 그리고 모든 것을 보고 듣고 싶어해서는 안 된다, 왜냐하면 호기심이 바로 유혹적인 악마이기 때문이다, 하지만 처녀는 아주 심한 표현조차 여기에서는 중대사를 위해서 존재하는 거라고 자신의 감정이 자신에게 말을 걸어오면 시치미를 떼는 일 역시 있어서는 안 된다, 그리고 그것은 연극 작품들이나 소설에서만 그런 것이 아니라, 학교 공부나 성서 강독에 있어서도 이미 그러하다, 자신은 전에 메서슈미트 목사네 집에서 성서 낭독을 해야만 했었다, 그때 끔찍스러운 단어들이 가끔 나왔었다, 자신이 가끔 그 단어들을 돌이켜 생각하면 아직도 섬뜩하다, 하지만 "이제 그 말이 나온다"라고 스스로에게 항상 암시를 주고 있으면 자신을 추스를 수 있어서 그런 단어들을 정확하고 또렷하게 아주 강조해서 발음했다고 했다. 마치 루터처럼.

후고는 고개를 끄덕이기만 했다. 그리고 방금 의사 비른바움이 틸데에 대해서 했던 말이 맞는다고 생각했다. 그녀가 하는 말은 전부 정말 올바르고 교양이 넘쳤다. 그는 그녀의 대담하고 트인 견해가 기뻤다. "이상한 아가씨야." 그의 생각은 계속되었다. "우연히 옆얼굴을 보지 않으면 사실 예쁘지는 않아. 하지만 영리하고 대담해. 진짜 독일 아가씨라고 말하고 싶군. 흔들리지 않는 성격이고. 틀림없이 누구든지 행복하게 해줄 수 있는 존재야. 그리고 속이 깊고 이지적이고 도덕적이야. 보배야."

제 8 장

그 순간부터 후고는 그런 방향으로 생각을 했다. 그는 크리스마스 일주일 전에 다시 자기 방으로 옮겨졌다. 그 일은 크리스마스를 넘길 생각을 받아들이고 있지 않았던 뫼링 부인을 어느 정도 만족스럽게 해주었다. 후고에게는 틸데가 자기에게 맞는 여자라는 사실이 확고해졌다. 그는 자신을 어느 정도 미학적 감수성이 있고 잠재적 문학가의 능력으로 무장된 인물이라고 여기고 있었다. 그래도 실생활에 있어서는 겸손하다 못해 거의 자기 비하에까지 이르고 있었다. 그는 자신의 지식과 능력을 제대로 신뢰하지 못했다. 리빈스키에게 "나는 쓸모없는 식충이야"라고 말한 적까지 있었다. 리빈스키는 웃으면서 "그렇다면 바로 식욕은 최고지"라고 장담하며 그를 위로했었다. 후고는 그 말을 약간 비애를 느끼며 받아들였었다. 자기 자신에 대한 그의 판단은 옳았다. 그 판단이 옳았기 때문에 틸데가 그에게 적당하다는 사실도 역시 옳았다. 그녀는 그가 지니고 있지 못한 점들을 지니고 있었다. 그녀는 잽싸고 임기응변에 능하고 실리적이었다. 그는 크리스마스 전에 그녀에게서 승낙을 확실하게 받아두고 싶었다. 그 승낙을 얻지 못하는 일은 없을 거라는 확신은 들었다. 왜냐하면 어쨌든 그는 턱수염을 기르고 있는 시장 아들이었고 그가 알고 있는 한, 틸데는 출생에 대한 자부심은 포기해야 했다. 거처를 다시 옮긴 첫날 저녁 그녀가 바로 차와 썬 햄을 가져오자 그가 말했다. "틸데 양, 당신은 항상 한결같이 나에게 호의를 보여주는군요. 아직 모든 것이 나에게 힘들 거라고 여겨 햄도 미리 썰어왔고요. 당신은 나를 돌봐주고 내 시중을 들어주고 있어요. 그리고 여러 주에 걸쳐서 나에게 처음으로 인생에서 얼마나 행복할 수 있는지를 알려주었고요. 애정어린 손길이야말로 인생에서 가장 필요한 것이지요. 우선 찻쟁반을 치워놓아요…… 그리고 자, 나에게 당신의 사랑스런 작은 손을 줘봐요. 그것이 작은 손이기 때문이지요. 그리고 나와 함께 창가로 가서 거기서 나와 함께 구름을 봅시다. 구름이 달을 스쳐지나가고 그렇게 스쳐지나가면서 다시금 밝아지는 광경을 보도록 합시다. 그것이 무엇을 의미하는지를 생각해볼 수 있겠지요. 하지만 그런 것이 없어도 됩니다. 당신 손은 작으니까 작은 손이라고 할게요. 내가 그 작은 손을 계속 잡고 있어도 되는지, 오래도록 평생을 그래도 되는지를 당신에게 묻겠습니다."

그녀는 대답을 바로 하지 않고 오히려 창 가리개를 내리는 일에 열중을 했다. 그런 다음 그의 팔짱을 끼고 그를 창가로부터 등받이가 높은 소파까지 다시 데리고 왔다. 그녀는 팔로 몸을 지탱하는 자세를 취하고 찻쟁반을 사이에 두고 탁자 다른 쪽에 서서 말했다. "당신은 여전히 아파요. 당신 목소리로 알 수 있어요. 목소리에 여전히 병 기운이 감돌고 있는 걸. 그리고 당신은 방금 달을 우리 대화에 끌어들였어요. 그로스만 씨, 달은 당신을 위해서 아무런 소용이 없어요. 당신에게는 태양이 필요해요⋯⋯ 태양이 더 많은 힘을 주거든요."

"아마 그럴지도 모릅니다. 하지만 그 말은 대답이 아니지요. 틸데 양. 당신은 저에게 예나 아니오로 말해야 합니다."

"그렇다면 예예요. 앞으로 시간이 오래 걸릴 테지만요. 기나긴 약혼 기간이 되겠지요."

"옛날 방식이라면 그렇지요. 그러나 새로운 방식들도 있습니다."

"리빈스키가 살고 있는 방식들 말인가요?"

후고는 침묵했다. 그녀가 그의 생각을 알아맞혔기 때문이다. "안 돼요, 후고, 그런 것은 절대 안 돼요. 그러면 내 승낙을 취소하겠어요. 나는 세상을 떠돌아다니고 싶지도 않고 당신에게 왕의 외투를 입히고 싶지도 않아요. 나는 진지한 것,

전래되어 내려온 형식, 그리고 종교도 역시 좋아해요. 만약 일이 결혼까지 이르게 되었을 때 혼인 신고만 하는 걸로 나를 대하려고 하지 말아요. 모든 것이 나름대로 법도를 갖추어야 한다는 것이 내 생각이니까요. 당신이 일을 해서 나에게 당신 사랑을 증명해줄 것을 기대하겠어요. 우선은 국가고시예요. 그럼 다른 일은 다 잘 될 거예요. 다른 일은 내가 알아서 할 거니까요. 그럼 어머니께 말씀드리러 가요. 아니, 오늘은 하지 않는 것이 더 좋겠어요. 당신은 아직 제대로 서지도 못하니까요. 내가 어머니께 말씀드리겠어요, 오늘 저녁 잠자리에서요. 그리고 당신은 내일 아침에 와요. 어머니가 기뻐하실지 모르겠어요. 그러나 허락은 하실 거예요."

그녀는 작은 찻주전자를 그의 앞으로 놓았다. 다른 것들은 여전히 찻쟁반 위에 놓여 있었다. 그녀는 모든 것을 정돈하고 이불을 반듯하게 잡아당겨주고 찻쟁반을 왼쪽 팔 아래에 끼고 그의 이마에 입을 맞추었다.

그는 그녀를 꽉 붙들고 그녀의 얇은 입술에 격렬한 시도를 해보려고 했다. 아마 약혼자로서의 권리와 의무에 대한 막연한 상상으로 그랬을 것이다.

하지만 그녀는 그를 피했다. 그녀는 문 곁에서 검지를 입술에 대는 것으로 인사를 했다.

"그녀는 모든 것이 정말 소녀 같군." 후고가 말했다.

계획되었던 잠자리에서의 대화가 이루어졌다. 장황한 말은 전부 피하고 "어머니 알고 계세요?"라는 말로 시작되었다.

"뭘 말이냐, 틸데야?"

"저 그와 약혼했어요."

노인이 유령처럼 몸을 일으키고 틸데를 보며 말했다. "맙소사, 그럼 나는 어떻게 되는 거니?"

"전혀 상관없어요, 어머니. 어머니는 지금대로 지내시는 거예요. 그리고 입이 하나 줄어들고요. 어머니께 필요하신 것은 제가 보내드릴 거예요."

"그래, 도대체 그에게 능력이 있어? 그가 가진 게 있어?"

"아직은 없어요, 어머니. 하지만 제가 먼저 그를 손 안에 넣기만 하면, 그 말은 신과 사람들이 보는 앞에서 제대로 약혼을 하게 되면, 그러면 그렇게 될 거예요. 그는 마치 단상 위에 이미 올라가 있는 사람처럼 보이거든요. 그런 사람은 항상 목적지에 도착해요. 제가 그를 도착하게 할 거예요."

"정말 약혼을 했어? 말로만 그러는 것은 아냐? 나중에 네가 정말 아주 가련하고 불쌍한 처녀애들이 앉아 있는 것처럼 주저앉아 있으면……"

"그게 항상 무슨 말씀인지 저는 모르겠어요, 어머니. 아버지께서는 '틸데야, 정결해야 한다'라고 말씀하셨어요. 제가 그렇지 않았나요? 그런데 어머니는 항상 그런 식으로 말씀을 하세요. 어머니가 무슨 말씀을 하시는지 사람이 제대로 알아들을 수 없도록 빙빙 돌려서 말예요. 하지만 저는 이미 알고 있다고요. 제가 그렇게 미련하지 않다는 걸 어머니께 말씀드리지요. 그는 제게 키스를 하려고 했어요. 그것도 아주 격렬하게요. 그가 아직 아프기 때문이지요. 하지만 저는 그를 적당한 선에서 거절했어요."

"그건 잘 했다, 틸데야. 사람들에게 알리는 일은 언제로 생각하고 있니? 아니면 아주 조용히 감추고 있어야만 하니? 다른 사람들도 알고 있는 것이 항상 더 좋단다. 그가 혹시 생각을 바꾸기라도 하면 더 꺼려할 테니까."

"참, 생각을 바꾸다니요. 그는 생각을 바꿔서는 안돼요. 그리고 그러지도 않을 거고요. 또 그러고 싶어하지도 않아요. 그가 내일 아침 어머니께 여쭤볼 거예요. 그럼 좋은 말씀 몇 마디 해주세요. 비굴하게 굴거나 겁을 내지 마시고요. 우리가 자기를 기다리고 있었던 것이 아니라는 것을 그가 알아야 하거든요."

"그래, 그 말은 네가 옳다. 그런데 뭐라고 말을 하지? 적당한 말을 좀 알려다오."

"그렇게는 안 되지요, 어머니. 그러면 어머니는 실언을 하시고 엉뚱한 말씀을 하실 테니까요."

"그래, 그럴 수 있지. '신이 너희와 함께 하라'고만 말해야겠다."

"그거 좋은데요. 그렇지만 그를 바로 '너'라고 하셔서는 안 돼요. 일이 확실해져서 우리가 제대로 약혼식을 하면 그때 가서 반말을 하도록 하세요. 약혼 시기는 크리스마스이브로 생각하고 있거든요. 크리스마스트리 아래서요. 저는 항상 그런 걸 소망해왔어요. 그러면 나름대로 격식을 갖추는 것이기도 하고 또 약간은 교회다운 의식이기도 하니까요. 시식은 그 정도로 할 거예요. 그 말은 결혼에 대해서 조금 맛보기를 한다는 뜻이에요. 어머니에게는 항상 조심스럽게 표현을 해야만 한다니까요. 어머니는 금방 생각하시기를……"

다음 날 아침 후고는 틸데에게 정식으로 청혼을 했다. 노인은 아무 말도 하지 않고 계속 고개만 끄덕이며 후고의 손을 쓰다듬었다. 역시 그렇게 하는 것이 가장 좋았다. 그런 다음 후고는 다시 자기 방으로 돌아갔다. 그리고 이제 그는 틸데를 다른 때보다도 더 보지 못했다. 무슨 일이 있으면 룬췐이 내세워졌다. 그렇지만 때마침 궂은 날씨였기 때문에 그 일은 특별히 곤란한 상황으로 이어졌다. 그런 날씨에는 룬췐의 모습이 아주 지저분해졌기 때문이다. 항상 깨끗한 앞치마가 준비되어 있었고 곱사등이처럼 보이게 하는 맥고모자를 그녀가 어쩔 수 없이 벗긴 했지만 그런 일들이 많은 도움이 되었다고 말할 수는 없었다. 거의 그 반대였다. 왜냐하면 그런 날씨에 룬췐이 신는 남자용 장화가 하얀 앞치마와 불쾌할 정도로 대조를 이루었기 때문이었다.

틸데는 그 모든 것을 놓치지 않았다. 하지만 그녀는 비교적 사소한 그런 일에 몰두할 시간이 없었다. 크리스마스트리 아래서의 약혼식이 다가왔기 때문이다. 그날이 겨우 나흘밖에 남지 않았기 때문에 그녀는 분주했다. 조촐한 모임을 갖긴 해야 했다. 하지만 그 모임을 어떻게 구성할지가 문제였다. 슐체 내외와 그리고 남편이 1849년 바덴 봉기에서 사망한 페터만 중위 부인도 역시 잠깐 고려되었다. 하지만 틸데는 두 가지 계획을 다시 취소했다. 슐체네는 너무 부자였다. 그들은 자기들로부터 무엇을 바라거나 아니면 자기들과 어울려서 대단한 척하고 싶어한다고 생각할 수 있었다. 그런 상황은 오래된 것도 아니었다. 그녀, 즉 고문관 부인은 수출업에 대해서는 전혀 알지 못했다. 그녀는 만하이머[36] 백화점만 이용했다. 그것이 전부였다. 그리고 페터만 부인은 아마 가난하기는 뢰링네와 마찬가지였을 것이다. 하지만 그녀는 건방진 면이 있고 너무 교양 있게 말을 했다. 그녀는 전에 재봉사였었는데 지금은 그 사실을 아무도 눈치 채지 못 하게 하기 위해서였다. 짧게 말해서 틸데는 자신이 아는 사람들 중에서는 한 명도 제대로 고를 수 없다는 것을 알아챘고, 후고와 이야기를 해서 그의 사촌 한 명만을 초대하기로 합의를 보았다. 이 사촌은 기이한 늙은 천재로 미장이와 건축가 중

---

36) 베를린에 있었던 백화점.

간에 위치해 있었고 이십 년 전부터 한 과부의 애인으로 지내고 있었다(이런 사정이 그의 인생을 결정했었다). 그로스만보다는 카롤리네 피힐러[37]에 더 가까운 친척이라고 후고가 말하곤 했던 그 정신적 음료수로 비견되어진 사촌은 분위기를 망치는 사람이 아니었기 때문에 잘 어울렸다. 그 밖에 리빈스키가 당연히 초대되어야 했다. 틸데는 정각 열 시에 슐체네로 내려가서 약혼한 아가씨로 자신을 소개하고, 고문관 내외가 십오 분 정도 시간을 내서 자신의 행복을 위한 증인이 되어주고 싶은지를 겸손하게 물어보기로 했다. 이것은 그녀가 앞서 내렸던 결정을 반쯤 다시 받아들인 수정안이었다. 약혼식 자체보다 이 후자의 계획을 실행하는 일에 뫼링 부인은 더 많은 비중을 두었다. 집주인은 계속해서 중요한 사안인 것이다. 신랑감과의 관계는 어쩌면 아무것도 아닐 수 있지만 슐체네와의 관계는 항상 중요하기 때문이었다. 리빈스키에게 보내는 카드는 물론 후고가 썼다. 리빈스키는 와서 참석하겠다고 했다. 자기 약혼녀를 데려와도 좋다는 전제로였다.

"자네 약혼녀라니?" 그로스만은 놀랐다. "자네 약혼했어?"

"응. 벌써 내가 데뷔했을 때부터지. 우리는 마음이 아주

---

[37] 즐겨 마신다는 뜻인 피헬른picheln을 오스트리아 여류 작가 카롤리네 피힐러Karoline Pichler(1769~1843)와 관련시킨 말장난.

잘 맞았거든. 물론 그와 같은 관계는 다시 취소할 수도 있다네. 자네가 언젠가 그런 말을 듣게 된다 해도……"

"알았어, 이해해. 그녀를 자네 약혼녀로 소개해도 괜찮지?"

"더구나 나는 그렇게 해달라고 간곡히 청해야 할 형편이네."

제 9 장

 24일을 맞이하고 또 보냈다. 약혼식이 발표되었었다. 모임의 전부였던 여섯 사람 모두가 아주 만족해했다. 슐체까지도 반 시간 동안을 머물렀다. 그는 틸데의 청에 따라 자기 백성을 축복하는 일종의 총독이 된 기분으로 비좁은 뫼링네 집에 나타났다. 그리고 식탁에 올라왔던 모든 음식과 음료에 대해서는 삼가는 태도를 취했다. 그러면서도 리빈스키의 약혼녀와는 오히려 더 친밀하게 굴었다. 당사자인 리빈스키는 웃어 넘기면서 회계 고문관과 결투를 해야겠다고 몇 번이나 장담을 했다. 자신이 아직까지 그런 식으로 신성한 권리 침해를 당해본 적이 한 번도 없기 때문이라고 했다. 그리고 그는 결국은 고문관 내외를 방문하겠다고 약속했다. 늦어도 새해에는 방문을 하겠지만 약혼녀는 동반하지 않겠다고 했다. "고문관 부인께서 어떻게 나오실 지 알 수 없으니까요"라고 리빈스키는 새로 친구가 된 슐체에게 속삭였다. 슐체가 움찔했다.

건축가 사촌이 약혼 커플을 위해서 축배를 들었다. 그는 자신이 건물을 짓는 사람으로서 그 나름대로 결혼 역시 하나의 건물로 보고 있다, 그리고 약혼은 결혼의 대기실로 여겨질 수 있다, 자신이 그렇게 보는 것에 대해서 이상하게 여기지 말아달라고 했다. "여러분, 건물의 토대는 사랑입니다. 우리가 그 사랑을 여기 가지고 있다는 사실은 증명이 되었습니다. 그리고 건물을 영원에 이르도록 지탱시켜주는 모르타르는 신뢰라고 할 수 있습니다."

슐체는 고개를 끄덕였다. 리빈스키가 "브라보"라고 외쳤다. 그리고 검지로 찌르는 동작을 하면서 슐체 옆에 서 있던 자기 약혼녀를 손가락으로 위협했다. 그건 마치 슐체보고 각오하고 있으라는 것처럼 보였다. 건축가 사촌은 말을 계속했다.

"나는 모르타르라고 말했습니다. 하지만 아주 훌륭하게 잘 짜맞추어진 건물도 인생 그 자체에 포함되어 있는 흔들림이 있을 때는 걸림쇠와 기둥들을 역시 필요로 합니다. 그 걸림쇠와 기둥들은 바로 친구들입니다. 그리고 우리가 그 친구들이지요. 훌륭한 집은 장식품도 지니고 있습니다. 우리는 그런 집의 벽 모퉁이에 갖가지 사랑스러운 작은 인형들이 놓여 있는 것을 즐겨 봅니다. 이탈리아 사람들은 푸티라고 하고 우리는 푸텐[38]이라고 하는 인형들이지요. 내가 미리 앞서 가고 있다는 것을 압니다. 그러나 이런 즐거운 시간에는 미래를 즐겁게 내다보는 것도 허용이 됩니다. 약혼 커플 만세, 미래 만세, 푸텐 만세."

리빈스키는 연설자를 포옹하면서 호감이 가는 연설을 할 수 있는 재능이 지닌 비밀스런 매력에 대해서 몇 마디 했다. 그런 재능은 페가수스의 발굽[39]이 쳐서 생겨난 젊어지는 샘과 같으며 샘물이 솟아나고 있다고 했다. "그런 발굽을 가진 사람들은 축복을 받은 사람들입니다."

사람들은 자정이 되어서야 헤어졌다. 인물이 말쑥하고 역에서 일하는 짐수레꾼과 결혼한 룬췐의 딸이 사람들을 아래로 배웅했다. 그녀는 앞서서 외투를 받아 걸고 몬필렌[40]을 내올 때도 시중을 들었었다. 슐체는 1층 층계참에서 자기 집으로 들어갔다. 그러면서 그 역시 자신의 특별한 지위를 이용하지 않고 룬췐의 딸에게 팁을 주었다. 팁과 관련해서는 모든 것이 아주 점잖게 이루어졌다. 노인과 젊은 룬췐은 위에 올라와서 수입을 나누었다. 그 일은 젊은 룬췐이 아주 점잖게 한 행동이었다. 하지만 노인은 도우미 일 전반에 대해서

---

38) 벌거벗은 동자상.
39) 그리스 신화에 의하면 헬리콘 언덕에 있는 뮤즈의 샘인 히포크레네 샘이 천마 페가수스의 발굽에 의해서 생겨났다고 함.
40) 흰 빵과 우유와 들깨로 만든 음식.

기분이 상해 있었고 수입의 반으로는 만족을 할 수 없었다. 반은 말 그대로 반이지 전부가 아니었다. "너는 그 돈이 그다지 필요하지 않아, 울리케." 노인이 말했다.

"맙소사. 어머니는 그 눈 하나로는 불을 아래로 밝히실 수도 없어요. 먼저 어머니하고 불이 넘어지지요. 그런 다음에는 다른 사람들 역시 넘어지고요. 어머니는 눈 하나와 함께 그 사실도 역시 항상 잊고 계세요. 또 많은 사람들이 혐오스러워하기도 하지요. 도대체 어떻게 생각을 하시는 거예요. 어머니가 아래로 불을 밝혔다면 늙은 슐체가 그렇게 돈을 줬을 거라고 믿으세요? 어머니께 그가 자기 수하에 있는 사람들을 제대로 알아본다는 사실을 말씀드려두지요."

모녀는 오랫동안 침대에 앉아 있었다. 할 이야기가 많았다. 노인에게는 슐체가 제일 중요한 인물이었다. 노인은 그가 다른 사람들보다 더 세련되어 보였으며 사람들도 그가 가진 자라는 것을 눈치 챘을 거라고 했다. "사람들은 그가 부자라는 걸 느낄 수 있단다. 그에게는 그런 분위기가 있거든."

"참 어머니도. 어머니는 뭘 모르세요. 모임에 어울리지 않았던 유일한 사람은 슐체였다고요. 우리에 대해서는 말하지 않겠어요. 하지만 다른 사람들이요. 그래요, 그 사람들이 진짜 세련된 신사들이었어요. 모두 대학 공부를 하고 있고, 게다가 예술을 공부하지요. 뭔가를 짓는 사촌도요. 집을 짓는 것도 일종의 예술이니까요. 그가 방 모퉁이에 대해서만은 말하지 않았더라면 좋을 뻔했어요. 벌거벗은 동자상은 정말 말도 안 되는 소리였고요. 하지만 바로 그런 태도에서 드러나고 있다고요. 세련된 사람들은 그렇거든요. 그들은 그런 것들을 모두 장난삼아 가볍게 취급을 하지요. 의사 슈투베가 말했던 것처럼 진정한 진지함은 없어요. 하지만 그들이 하는 말은 아무나 말할 수 있는 그런 말들이 아니에요. 그런데 슐체는 어땠지요? 맙소사, 리빈스키의 약혼녀에게 그런 이상한 말을 한 것을 제외하곤 그는 아무 말도 하지 못한 거나 다름없어요. 그리고 그가 아무것도 먹지 않은 것 역시 세련된 것이 아니고요. 단지 대단한 척 하는 행동일 뿐이지요. 아래층 자기 집에서도 아주 대단하게 좋은 것을 얻어먹지는 못하면서요. 하지만 어머니는 그의 커다란 셔츠 단추만을 계속 바라보셨어요. 웃옷 앞자락에 보석을 두 개씩이나 달고 있고 또 집주인이기도 하니까 어머니는 그런 것이 세련된 것이라고 생각하시는 거지요. 제가 떠나면 어머니가 그와 맞닥뜨려야 하기 때문에 저는 그를 올라오게 한 것뿐이에요."

"그래, 결혼은 언제로 생각하고 있는데?"

"성 요하네스 축일[41]즈음으로 생각하고 있어요."

"벌써 결정된 거라도 있니?"

---

41) 6월 24일. 세례자 요한의 생일날.

"아니요, 아직은 없어요. 하지만 이젠 제가 주도할 거예요. 내일하고 모레는 휴일이니까 신문이 오지 않아요. 하지만 휴일 사흘째 날 저녁, 그땐 그게 신문에 나 있겠지요. 이제 우리는 약혼을 했어요. 그리고 이제 저에게 달려 있지요. 제가 주도할 거예요."

늙은 룬첸은 결국 마음을 진정시키고 울리케가 아주 점잖게 행동했다고 인정했다. 울리케는 전혀 나누어 가질 필요가 없었거나 아니면 적어도 속임수를 쓸 수도 있었다고 했다. 하지만 그런 일은 역시 전혀 생각할 수가 없었다. 그러기에는 받은 돈이 너무 많았다. "어찌 되었든 정말 기특한 애야. 자신이 숱이 많은 금발 머리를 하고 있다는 사실을 항상 생각하는 것만 빼고는. 룬취[42]는 검정이었지. 내 자신이 우선 진짜 그렇고. 사람들이 늘 '검둥이네'라고 했으니까. 하지만 그건 그래도 분명히 팔자소관이었어." 노인은 그런 방향으로 생각을 했고, 화해를 하는 쪽으로 마음이 기울었다. 하지만 그녀가 불쾌했다 해도 그 불쾌감이 오래 지속되진 않았을 것이다. 그녀가 다음 날 이른 아침부터 슐체네 건물 전체와 그 이웃에서 특별히 주목받는 대상이 되었기 때문이었다. 모두 뭔가를 알고 싶어했다. 그녀가 가는 곳마다 사람들은 약혼식

---

42) 자기 남편 룬첸을 의미함.

이 어땠는지 듣고 싶어했다. 그 약혼이 납득이 가지 않는다는 점에 있어서는 의견이 모두 같았다. 그렇게 세련된 신사에 대학까지 다닌 사람과 그 허연 낯빛을 한 틸데라니. 그리고 그녀는 이전에는 여드름까지 있었다. 그녀는 헤렌네 집에서 매일 아침 청소를 하고 물일을 해야만 했었다. 그런데 이제는 약혼을 한 아가씨였다. 과거가 말이 되기도 전에 그녀는 공단 드레스에 신부 화관을 쓰고 거기 서 있었다. 문간 사람들과 그녀가 샐러리와 석유와 아침 빵을 샀던 맞은편 지하 상가에서는 약혼이 그런 식으로 받아들여졌다.

룬췐은 마지막으로 페터만 중위네 집으로 갔다. 여기에서 비로소 이야기꽃이 제대로 피었다. 중위 부인이 전날 저녁에 있었던 사고 때문에 여전히 침대에 누워 있었기 때문이었다.

"아니 사모님, 아직도 누워 계시네요. 도대체 어찌된 일이에요?"

"룬췐, 지금은 다시 괜찮아졌네. 하지만 네 시까지 눈을 전혀 붙이지 못했다네. 그렇게 끔찍스러운 통증은……"

"여긴가요?"

"아니, 여기가 아니야. 이번에는 아니라네. 내가 찬 바닥을 딛고 침대에서 일어났거나 바깥의 맞바람을 쐬었다면 또 모르지만. 아냐. 여기……, 치통이야. 어금니 반쪽이 달아났거든."

"아니, 도대체 어떻게 하다가요?"

"그런 일이 늘 그렇듯이 그렇게 당했다네. 작은 트리에 촛불을 켜고 우리 그이 사진을 그 아래 세워놓고 그의 편지들을 다시 한 번 읽으려고 했었거든. 그가 아직 열렬했던 초기 편지들만을 말이야. 그가 옛날에는 열렬했었거든. 그때 이렇게 앉아서 편지를 읽으면서 접시를 당겨 군것질을 시작했지. 처음은 작은 마치판 초콜릿 하트였고 그 다음은 페퍼누스였고 그리고 그 다음은 슈타인 플라스터였어. 슈타인 플라스터를 깨무는데, 바로 아몬드가 박힌 자리를 깨물었다네. 그리고 바로 거기에 아몬드 껍질 한 조각이 들어 있었지 뭐야. 전부 같은 색깔이라 보여야 말이지. 세게 깨무는 바람에 이 반쪽이 날아갔다네."

"함께 삼키셨어요?"

"아니, 그러지는 않았어. 금방 놀래서 삼켜지지는 않았다네. 그리고 계속해서 여전히 무엇이 들어앉아 있는 것 같았지. 그래서 뜨개 바늘을 가지고 쑤셔보았다네. 그랬더니 점점 더 미칠 것 같은 거야. 거의 고함을 지르기 일보직전이었다네. 난로에 따뜻한 물이 있었던 게 다행이었지. 입을 가셔내고 또 가셔내고 했다네. 그래서 지금은 진정이 되었지. 자 이제 얘기해보게, 룬첸. 정말 어땠나? 등받이 의자에 앉게나. 하지만 너무 가까이는 말고. 저쪽 난로 곁으로. 아직 온기가 있을 거야."

"예, 사모님. 어땠느냐고요? 아주 멋있었어요. 회계 고문관 슐체도 왔었고요……"

"부인도 함께?"

"아니요."

"흠, 그럴 줄 알았지. 그는 그다지 철저하지 않지만 고문관 부인은 다른 모든 여자들처럼 체면을 지키거든. 그리고 누가 또 거기에 왔었나?"

"예, 이름은 모르겠어요, 사모님. 예비 신부 한 명이 또 있었는데, 그녀가 벨라 양이라는 것 말고는요. 모두 그녀 주위에 몰려 있었어요. 그녀가 아주 예뻤기 때문이지요. 슐체도 그렇게 여겼고요. 사모님은 그녀가 울리케에게 얼마를 주었다고 생각하세요? 그 아이도 거기에 함께 있었고 불을 아래로 밝혀줘야 했거든요."

"그래, 그걸 누가 알겠나."

"그 아가씨가 그 아이에게 진짜 탈러 동전을 주었어요."

"무슨 쓸데없는 소리야."

"아니에요, 사모님. 사실이에요. 울리케가 저에게 전부 얘기했는데 더 많이는 말하지 않았을 거예요. 저와 나눠 가져야 했으니까요. 사실 꼭 그래야만 했던 것은 아니었지만요. 울리케가 램프를 놓고서 문을 열려고 하자, 그 아가씨가 '한스, 당신 지갑 좀 줘요'라고 말했어요. 그리고는 돈을 꺼내주면서 '우리 내일 계산해요'라고 말했다고요. 그 말을 슐체가 더 이상 듣지 못한 것이 유감일 뿐이지요. 아니 들었다면 좋지 않았을지도 몰라요. 그는 이미 앞서서 멀리 가 있었거든요. 그리고 그가 혼자 왔던 것이 그에게 좋았던 것 같아요."

"신붓감은 어땠나? 무슨 옷을 입었었지?"

"한 벌로 된 자주색 비단 옷이요."

"아주 상냥했겠지? 틸데 양 같은 사람들은 상황에 따라 항상 아주 나긋나긋하거든."

"제가 말할 수 있는 것은 아닌데요, 사모님. 저는 아무것도 보지를 못했거든요. 사실 집은 모든 것이 다 드러날 수밖에 없는 상황이었지만요. 전부 템펠호프 들판[43]에 놓인 것 같았거든요. 커튼도 가리개도 없었어요. 불이 사방에 켜져 있었고요. 울리케가 자리를 비우면 틸데 양이 역시 그릇 주위에서 맴돌며 대접을 했어요. 그리고 신랑감이었던 그 후고 씨는 항상 거기 서서 어색한 듯이 앞만 바라보고 있었어요. 슐체만큼 늙은 건 아니지만 나이가 들어 보이는 한 남자가 약혼 커플을 위해서 축배를 들었을 때 후고 씨는 마치 그다지 썩 만족스럽지 않은 것처럼 기분이 나빠 보였어요."

"상상이 가는군."

"아니 사실은 마치 정신이 나간 것 같았어요. 아직 병 때문에 그런가 봐요. 여전히 야위어 보였거든요. 아니면 그가 제정신이 아닐지도 모르고요."

---

43) 당시 아직 건물이 들어서지 않았던 베를린 외곽 지역.

"바로 그거야, 룬첸. 그는 제정신이 아닐 거야…… 갈 때 트리 곁에 놓인 슈타인 플라스터 과자를 가져가게. 하지만 조심해요."

"참, 사모님도. 저는 그런 일이 더 이상 겁나지 않아요."

틸데는 다음 날 아침 들뜬 기분이 되었다. 그녀는 이제 약혼한 처녀였다. 다른 일은 틀림없이 저절로 진행이 될 것이다. 그녀가 차를 나르고 주문에 따라 일을 해야 하는 틸데 양인 한은 일이 계속 상당히 어려웠다. 하지만 이제 그녀에게는 얘기를 하고 행동을 할 수 있는 권한이 있었다. 연극 작품들과 관련된 일은 쓸데없는 일이고 끊임없이 책을 읽는 일 역시 마찬가지였다. 그리고 리빈스키와 그의 약혼녀— 틸데는 그들 관계를 모든 점에서 분명히 눈치 챘음에도 불구하고 그래도 그녀가 아주 마음에 들었다— 는 조만간 사라져줘야만 했다. 리빈스키는 단순하기만 한 위험이 아니라 복잡하기까지 한 위험이었다. 하지만 당장 어떤 조처를 취한다는 것은 말이 되지 않았다. 왜냐하면 자신의 목적을 이루기 위해서는 리빈스키와 좋은 관계를 지속하는 것이 절대적으로 필요하다는 것을 그녀가 분명히 간파하고 있었기 때문이었다. 자신이 어떻게 후고를 훈련시켜야 할 지가 확실해졌을 때 그녀에게는 마찬가지로 또 확실해진 사실이 있었다. 후고를 관심과 사랑에 붙들어 매어두기 위해서는 미끼 같은 것을 항상 준비해놓아야만 한다는 점이었다. 그리고 그 미끼로는 리빈스키가 안성맞춤이었다. 절대로 억지로 해서도 안 되고 서둘러서도 안 되었다. 모든 것을 휴식 시간을 두면서 해야만 했다.

  틸데는 자신의 원래 기분대로라면 휴일 첫번째 날을 약혼자와 자기들의 미래에 대해서 이야기도 하지 않고 일정한 프로그램도 제시하지 않은 채 지나가게 하고 싶지는 않았다. 하지만 그녀는 영리하게 간파했다. 약혼식 다음 날인데다가 크리스마스 휴일 첫번째 날이기도 한 날에 그런 문제를 꺼낸다면 약간 무미건조하고 메마르게 보였다. 그래서 그녀는 자신을 억누르고 후고에게 일주일 동안의 크리스마스 휴가를 허락하고 그와 함께 얼마간 즐겁게 지내주기로 결심했다. 안락하게 즐기는 일에 있어서도 역시 자신이 얼마나 훌륭한 배우자를 만났으며 틸데가 자신이 원하는 일에 철저하게 잘 맞출 줄 안다는 것을 후고가 알아야만 했다. 휴가가 끝나는 다가오는 주말에 틸데는 현실적으로 접근하기로 했다. 자신이 짠 프로그램을 실행하지 않으면 행복과 만족은 차치하고 자신들의 결혼도 전혀 실현되지 않을 수 있다는 사실을 암시하면서.

제 10 장

 그랬다. 휴가를 낸 주였다! 틸데는 누군지 못 알아볼 정도로 낭비벽이 심한 사람으로 변한 것처럼 보였다.
 "후고, 지금은 우리 신혼 기간이에요. 사실은 우리에게 해당되지 않는 그런 말을 내가 해도 괜찮다면요. 하지만 나는 그 말을 사용하고 싶어요. 이런 기억을 갖는 일은 정말 아름다워요. 나는 우리가 언젠가 나이들었을 때 아름다운 신혼 시절에 대해서 이야기할 수 있으면 근사할 거라고 생각해요. 그렇기 때문에 모든 것이 햇살 같아야 해요. 우리 정말 제대로 즐겨보도록 해요."
 후고는 틸데 손을 잡고 말했다. "그 말이 맞아, 틸데. 당신이 그렇게 말하니까 기쁘군. 나는 당신이 기쁨이나 달콤한 무위 같은 것들은 이해하지 못한다고 생각했어. 실제로는 그런 것들이 가장 근사하게 남는 것인데."

틸데는 그에게 다른 사실을 가르치는 것은 영리하지 않다고 여겼다. 그녀는 상냥하게 웃으면서 침묵했고 후고는 계속해서 말을 했다. "나는 당신이 항상 의무와 질서, 그리고 시간 지키는 것만 좋아하는 줄 알았어. 나는 그 점이 마음에 들면서도 새삼 두려웠어. 사람은 좋은 점에 있어서도 지나칠 수 있기 때문이지. 내가 명랑하고 삶을 즐기고 싶어하는 신붓감을 얻었다는 것을 나는 이제야 알았어. 그래, 그 점이 역시 나에게는 제일 중요한 걸. 자, 말해봐요, 우리 오늘 뭘 할까? 하지만 겁내면서 고르지 말고 돈과 빈곤한 처지에 대해서는 말하지 말아요. 사람이 약혼을 했으면 그 무슨 일에 있어서도 두려워해선 안 되고 마치 요술 식탁보를 가진 것 같은 기분이어야만 하거든."

"그래요." 틸데가 말했다. "그럼 우리 오페라 구경을 가요. 일등석으로요. 어쩌면 황제와 얼굴을 맞대고 앉게 될지도 몰라요."

"참, 틸데. 그런 식으로는 말하지 마. 어울리는 농담 약간은 좋지. 하지만 그런 식은 아니야. 그럼 나는 당신이라는 사람이 다시 혼란스러워지거든."

"좋아요. 그럼 크롤에 가서 크리스마스 무언극을 봐요."

후고는 기쁘게 동의했다. 하지만 그러고 나서 다시 물었다. "어머니는? 우리가 어머니를 모시고 가야만 하나?"

"우리가 어머니에게 적어도 권해보기는 해야지요. 아마 안 가겠다고 하실 거예요. 나는 당신하고 단둘이 있었으면 좋겠다고 생각해요. 그런 기쁨은 둘이서 가장 근사하게 즐길 수 있거든요."

후고는 행복했다. 그는 자기 약혼녀에게서 자신이 첫 고백을 했던 그날 저녁에 기대했었던 것보다도 더 고상하고 세련된 행복에 대한 기대감을 자신에게 안겨주는 면들을 발견했다. 그 당시 그의 마음속에 존재했던 것은 일종의 감사함이었다. 연약하고 감상적인 감정이었다. 그 감정 안에는 그가 앓았었던 병 기운이 계속 남아서 감돌고 있었다. 지금 그는 틸데가 더 따스한 감정을, 더구나 열정까지도 지닐 수 있다고 여겼다. 그는 가슴이 부풀었다.

그렇게 축제 주간은 시작되었다. 크롤에 갔었다. 어머니가 함께였어도 그런대로 아주 즐거웠다. 어머니는 처음에는 거절했다가 「백설 공주와 일곱 난쟁이」가 나온다는 말을 듣고 마음을 바꾸었다. 틸데는 그 사실이 실은 기뻤다. 사실 그녀에게는 노인에게 기쁨을 주는 일이 다른 어떤 일보다 중요했다. 그녀가 그때 "둘이서 즐기자"고 한 말은 후고가 그런 말을 듣는 것을 좋아한다는 것을 알았기 때문에 그냥 한 말이었다.

휴일 두번째 날에는 앞의 가리개가 바람을 막아주는, 지붕이 없는 마차를 타고 샬로텐부르크 성으로 나갔다. 넓은 국도를 따라서 내려가지 않고, 먼저 루소 섬[44]에 들린 후 그 다음에는 노이어제[45]를 지나서 멀리 돌아갔다. 여기에서도 뫼링 부인은 함께였다. 노인을 바라보는 것은 마음을 뭉클하게 했다. 노이어제에서 그들은 스케이트 타는 사람들을 더 잘 보기 위해서 마차에서 잠깐 내렸었다. 노인은 수많은 깃발들을 보고 가장 기뻐했다. 하지만 그 기쁨은 커다란 깃발들에 대해서만이었다. 그녀는 수많은 작은 깃발들에 대해서는 그것들이 아마천으로 만든 손수건처럼 보인다고 했다. 뫼링[46]이 콧물에 항상 시달렸기 때문에 그도 역시 그런 알록달록한 손수건들을 가졌었다고 했다.

이렇게 날마다 새로운 일이 있었다. 하지만 근사했던 일은 레스토랑 힐러에서 있었던 점심 식사였다. 거기에는 리빈스키도 초대되었다. 물론 약혼녀와 함께였다. 이 오찬에서 노인은 빠졌다. 요통을 얻었기 때문이었다. 아마 마차를 타고 동물원을 가로질렀고 스케이트 타는 사람들을 더 잘 볼 수 있기 위해서 눈을 맞으며 너무 오래 서 있었던 결과인 것 같았다. 후고는 그 사실에 대해 만족해했다. 이번에는 틸데도 그랬다. 그녀는 힐러가 어머니에게는 어울리지 않는 식당이라는 것을 어쩔 수 없이 금방 간파했었다.

---

44) 베를린 동물원에 있는 섬.
45) 베를린 동물원에 있는 호수.
46) 자기 남편을 의미함.

리빈스키는 최근에 있었던 자신의 무대가 성공을 거둔 데 대해서 이야기했고 그 이야기로 자신의 친구이자 동향인에게 대단한 인상을 주었다. 틸데는 우려를 하면서 그 상황을 바라보았다. 하지만 그녀에게 도움이 찾아왔다. 예술에 대한 전반적인 문제를 탁월하게 훌륭히 다루고 있던 벨라가 재능이라는 말이 나올 때마다 끊임없이 웃으면서, 재능의 완전한 결여가 바로 그녀의 한스를 자신에게 말할 수 없을 정도로 정말 비싸게 만들고 있는 점이라고 말했던 것이다. 재능! 재능 있는 자들은 많이 있다. 그녀는 어떤 새로운 재능에 대해서 들으면 항상 놀라긴 하지만 한스 폰 리빈스키는 단 한 명뿐이다. 그는 그녀에게 열 명의 재능 있는 자에 필적한다. 그녀는 진정 인간적인 것을 좋아하고 사랑에 있어서는 초인적인 것을 좋아한다고 했다.

"그녀의 말을 믿지들 말아요." 리빈스키가 온순하게 말했다.

"내 코진스키 역이 그녀의 마음을 사로잡았던 거야. 나에게는 잊혀질 수 없는 순간이지. 바로 그날 저녁 우리 행복이 시작되었거든."

"그 점에 있어서는 그가 말하는 것이 사실이에요. 하지만 왜 그랬을까요? 코진스키 역할에서 그는 그 자신이었거든요. 그 역할이 더 중요하지 않은 것과 사람들이 그 역할에 대해서 제대로 알지 못한다는 사실이 유감이에요. 그렇지만 않았다면 나는 그와 함께 미국으로 건너가서 계속 가로질러 갔을 거예요.[47] 그리고 우리가 샌프란시스코에서 다시 벗어날 때는 백만장자가 되어 있을 거예요. 매일 폴란드 빵모자를 쓰고 은색 장화 굽을 달고 있는 코진스키 역 하나만으로요."

리빈스키는 약혼 커플을 위해서 축배를 들었다. 후고는 원래 그 축배에 대해서 똑같은 형식으로 응하고 "약혼 커플"에 대해서도 말을 해야만 했을 것이다. 하지만 그는 차마 그렇게 하지 못하고 예술에 대해서 축배를 들었고, 절친해진 사랑스러운 두 사람과 그 비슷한 사람들에 대해서 더 많이 축배를 드는 것으로 만족해했다.

그리고 이제 크리스마스 주간이 저물었다. 12월 31일이 되었다. 카페 바우어에서 한 해 마감 행사를 함께 하는 섣달 그믐 공연에 갈 지 아니면 집에 머물면서 맛있는 펀치를 만들어 한 잔 즐기고 싶은지가 문제였다. 후자로 결정이 났다. 왜냐하면 뫼링 부인이 자리에서 다시 일어나긴 했지만 여전히 통증이 있었기 때문이었다. 건축가 사촌만이 초대되었다. 그리고 울리케가 크리스마스이브 때와 마찬가지로 전적으로 시중을 들었다. "나는 그 늙은이를 볼 수가 없어"라고 후고가 말했기 때문이었다. 어쩔 수 없이 그의 말이 고려되었지만 역시 룬첸을 아주 빼놓을 수도 없었다. 그래서 그녀는 바

---

47) 유럽 대륙으로부터 바다를 건너 미국 동부에 도착한 후 샌프란시스코가 있는 서부를 향해 가로질러 가는 것을 의미함.

갇 부엌에 앉아서 틸데가 납을 녹이는 커다란 양은 수저를 잡고 있었다. 틸데가 납을 붓자 그것이 무슨 모양인지에 대한 질문만이 남았다.[48] 룬쵠은 그 모양을 "왕관"으로 여겼다. 하지만 울리케는 더 나아가 "요람"에 대해서 말했다. 당황하는 것이 유치하다고 여겼던 마틸데는 울리케의 견해를 부인하면서 "그렇게 되지는 않을 것이다"라고만 주장했다. 그 말에 대해서 울리케는 "맙소사, 아가씨. 모든 일이 가능해요"라고 말했다. 울리케가 같은 여자의 속을 아는 아주 영악한 인물이었기 때문이었다. 당연히 그 말이 틸데에게서만은 원하는 반응을 불러일으키지 못했다.

틸데는 "왕관"을, 아니 그것이 그 밖의 그 무엇이든지간에, 그것을 가지고 앞방으로 돌아갔다. 거기에서 사람들은 후고가 그의 요리법에 따라서 만든 훌륭한 펀치로 잔을 채울 때까지 한동안 계속해서 예언을 해보았다. 그의 부친의 집안은 펀치로 유명했었다. 선친에게는 그런 특별한 점들이 있었다. 그리고 이제 건축가 사촌이 크리스마스이브 때 이미 했던 것처럼 다시 대표로 말을 했고 복된 새해를 위해서 축배를 들었다.

모녀가 다시 자기들 방에 단둘이 있게 되었을 때 시간은

---

48) 섣달 그믐날 납을 녹인 모양으로 새해 운수를 미리 예견해보는 놀이.

아직 자정을 많이 넘지 않고 있었다. 공기가 약간 탁했다. 펀치와 왁스 덩어리와 터키 잎담배 냄새가 야릇하게 섞여 있었다. 틸데가 말했다. "어머니, 어머니에게 해롭지 않다면 창문 좀 약간 열어놓고 싶은데요."

"그래 열렴, 틸데야. 그것이 결국 나에게 무슨 해가 되겠니. 그리고 내 기분도 좀 이상하구나. 마치 잔치 기분 같거든. 마침 새해 밤이기 때문에 내가 아마 노래시계[49]가 울리는 것을 듣고 싶은가 보다. 그 시계는 항상 아름답고 경건한 곡을 연주하지."

틸데는 노인을 위해서 등받이 의자를 창문 쪽으로 옮겼다. 하지만 그녀가 맞바람을 쏘이지는 않도록 해주었다. 그런 다음에 그녀는 말했다. "그래요 어머니, 노래시계요. 어머니는 어머니가 아직도 슈트랄아우어 거리에 사신다고 생각하고 계세요. 하지만 우리는 이제 그곳에 더 이상 살고 있지 않아요. 그리고 또 이미 오래전에 자정이 지났는걸요. 노래시계도 좀 쉬어야지요."

"그래 네 말이 맞다, 틸데야. 나는 그 사실을 늘 잊는구나. 모를 일이야, 내가 아직은 그렇게 늙지 않았는데도 벌써 이렇게 허약하니. 나는 룬첸의 상황과 내 상황이 더 이상 전혀 다를 게 없다는 생각이 가끔 든단다."

---

[49] 베를린 클로스터 거리Klosterstraβe에 있는 교구 교회의 종을 말함. 37개의 종이 30분과 정각에 찬송가를 연주한다.

"그런 말을 해서는 안 돼요, 어머니. 어머니는 항상 정말 너무 소심하시고 겁이 많으세요. 사람이 자신을 그렇게 하찮게 만들어서는 안 돼요. 그러면 사람들이 더욱 더 하찮게 취급을 하거든요."

"그래, 그 말은 맞다. 하지만 또 사람은 자신을 너무 대단하게 여겨서도 안 되는 거야. 우리는 항상 눈을 그렇게 치켜뜨기만 하고 자신이 뭐나 된다고 생각하는 울리케를 여기서 다시 시중들게 했지. 그리고 늙은 룬첸은 밖에 앉아서 납 녹이는 수저나 붙들고 있어야만 했고. 나는 그녀의 손이 떨리는 것을 본 것 같구나. 우리가 자기를 여기 앞방에서 더 이상 보고 싶어하지 않는다는 것을 그녀가 충분히 눈치 챘기 때문이지. 그래, 틸데야. 내가 그렇게 말하는 데는 이유가 있어. 사람은 역시 자신을 너무 대단하게 여겨서는 안 돼. 너는 우리가 그런 것이 아니라 단지 우리 후고 씨가 그것을 원치 않았다고 말하고 싶겠지. 그래, 그렇다면 그가 왜 그걸 원하지 않는 거니? 그녀가 안대를 하고 있다는 사실은, 내참, 그건 사고란다. 그리고 대부분의 사람들이 그런 불행 하나쯤은 가지고 있고. 거만을 떨면 망한다는 것을 내 너에게 말해두마. 그리고 또 그가 그렇게 높은 신분도 아니고."

"아이, 어머닌. 지금 그 모든 것이 무슨 말씀이세요. 그래요, 그 점에 대해서는 나중에 얘기해요. 하지만 지금은 우선 침실로 가요. 여기는 그래도 바람이 약간 들어오고 있으니까요. 그리고 어머니가 싫으시다면, 그래요, 계속 있고요. 하지만 저는 창문은 다시 닫고 싶어요."

"그래, 틸데야. 그렇게 하렴. 그러지 않으면 내가 류머티즘에 다시 걸릴 거야."

"그리고 룬첸하고 후고 일이요, 그 점에 있어서는 어머니가 전적으로 옳지 않아요. 저는 후고가 자기 천성대로 그렇게 하는 것이 기뻐요."

"그래, 하지만 그래도 그것은 인정머리 없는 짓이고 잔인한 일이나 마찬가지야……"

"아이, 쓸데없는 소리예요, 어머니. 그가 인정머리가 없다면 아마 토끼들도 전부 그럴 거예요. 그는 마음이 너무나 나약해요. 그것은 나약한 마음 탓이에요. 그리고 저는 그에게서 그런 점을 없애버려야만 해요. 너무 마음이 나약한 사람들은 항상 게으르고 안일해서 다른 일도 역시 할 수 없기 때문이지요. 여기 가슴에 들어앉아 있는 모든 것이 제대로 뛰고 있지 않기 때문이거든요."

"그렇게 여기니, 틸데야?"

"예, 어머니. 사람이 약혼을 하면 서로 아주 가까이 가게 되기 때문에 때때로 고동치는 소리를 듣게 돼요. 또 달리는 되지도 않고요. 만약 달리 하려 한다면 그건 마치 괜한 새침을 부리는 것과 같은 것이고요. 그래요, 어머니는 그의 심장 박동이 어떨 거라고 생각하세요? 마치 회중시계 같아요."

"역시 결국은 그랬구나."

"아니요. 그건 그의 심장이 그렇다는 거예요. 그리고 유일하게 좋은 것은, 그래서 룬첸하고 있었던 일이 중요한데요, 그의 심장이 추한 것을 보면 더 잘 뛴다는 거예요. 그러면 그는 강력한 인간적인 감정을 지니거든요. 거의 남성적일 정도지요. 그 정도로 착한 사람이 그예요. 그는 룬첸의 맥고모자와 그 모든 다른 것들을 보면 정말 끔찍스러울 정도로 경악을 하지요. 저는 그의 그런 점이 가장 사랑스러워요. 저도 유감스럽긴 해요. 하지만 그래도 그는 저와 더 가까운 걸. 그리고 어머니는 그 사실이 얼마나 중요한지를 전혀 믿지 않으시지요. 어머니는 나약한 사람을 데리고는 정말 일이 제대로 될 수가 없다는 것을 아시잖아요. 하지만 또 너무 많은 것을 요구해서도 안 돼요. 사람이 단지 '틸데, 룬첸은 밖에 머물러 있어야만 해'라고 말할 수 있을 정도만 되면 이미 아주 좋은 거예요. 왜냐하면 추한 것을 그 정도로 끔찍스럽게 싫어하는 사람은 역시 아주 예쁜 것을 보면 힘을 얻기도 하니까요."

"내참, 틸데야, 그것이 세상에서 가장 나쁜 일이란다. 그건 나도 알고 있어. 나에게 그런 말은 하지 말도록 하렴."

"그래요, 어머니. 저는 바로 그런 말씀을 드리고 있는 거예요. 어머니는 항상 그저 울리케네나 아래층 슐체네만을 생각하시지요. 하지만 그런 것은 진짜로 예쁜 것이 아니에요. 그것은 사람들이 저급한 것이라고 여기는······"

"그래, 그래."

"저급하고 저질적인 것이지요. 하지만 그런 것 말고도 중요한 것이 있어요. 더 고상한 것이지요. 고상한 면이 있는 사람은 약한 것도 강하게 만들 수 있다는 것을 어머니는 아셔야지요. 그 고상함이 아마 오래 버티지 못할지도 모르지요. 그래도 고상한 면이 나타나긴 할 거예요. 그것이 있긴 있으니까요. 그는 추한 것을 싫어하는 것처럼 역시 나쁜 것도 싫어해요. 그가 예쁜 것을 좋아한다면, 진짜로 예쁜 거요, 그렇다면 그는 착한 것도 역시 좋아해요. 더구나 덕성까지도 좋아하지요. 저는 그에 대한 증거들을 가지고 있어요. 그리고 제가 이 모든 것을 어쩔 수 없이 말씀드리는 것은 어머니가 밖에 세워둔 노인에 대해 다시는 말씀하시지 않도록 하기 위해서예요. 그가 룬퀘을 싫어한다는 사실은 제 희망의 닻이에요. 자, 이젠 가요, 어머니. 벌써 한 시가 지났어요. 그리고 내일은 저에게 힘든 하루예요. 휴가 주간이 내일 끝나기 때문이지요. 그리고 내일 저는 그에게 진지하게 호소를 해야만 하거든요."

"맙소사, 틸데야. 이제 다시 무엇을 진지하게 호소를 한다는 거니? 나는 정말 때때로 두렵구나. 이제 새해로 접어들고 있어. 그런데 우리가 쥐꼬리만 하게 모아놓은 돈은 점점 더 줄어들고, 그는 공부를 마친 사람이 아니고 그저 늙은 대학생일 뿐이니."

"예, 그래요. 하지만 좋게 여기도록 하세요. 제가 그로부터 많은 것은 만들어내지 못한다 해도 제가 그와 결혼을 할 수 있고 어머니에게 매달 얼마를 보내드릴 수 있고, 또 제가 칭호를 얻을 만큼은 될 거예요."

1월 첫날은 아름다운 겨울날이었다. 온통 서리가 덮였고 얼어붙었다. 하지만 아주 춥지는 않았고 파란 하늘에 밝은 해가 떠 있었다. 후고는 일찍 일어났다. 뫼링네가 아직 자고 있을 정도로 이른 시간이었다. 그는 건너가서 침실에 노크를 했다. 그리고 약간 놀란 틸데의 목소리를 듣고는 문틈에 대고 자기는 아침 식사를 포장마차에서 하고 싶다고 소리쳤다. "그렇게 해요"라고 틸데가 말했다. 노인이 혼자서 웅얼거렸다. "내참, 그가 이제 이런 식으로 시작을 하는구나. 이런 식으로 새해를." 하지만 후고는 그 말을 전혀 듣지 못했다. 그는 이미 응접실 문을 닫았었고, 노인을 좀 진정시키는 일은 틸데에게 맡겼다. "어머니, 어머니하고는 아무런 상관도 없어요. 어머니는 항상 금방 그렇게 불이 났거나 아니면 죽음이라도 닥친 것처럼 생각을 하세요. 저는 이제 약혼을 했어요. 그의 약혼녀라고요. 그리고 어머니께 어쩔 수 없이 말씀드리는데요. 어머니는 정말 조금 달라지셔야겠어요."
"그래, 그래, 틸데야. 나도 그러고 싶단다."
"어머니가 우리에게 피해를 주고 있다는 것을 아셔야지요.

우리는 '보잘것없는 사람들'이 아니라고 최근에 제가 말씀드렸잖아요. 룬첸 같은 사람이 보잘것없는 사람이에요. 그리고 그 말은 역시 맞는 말이기도 하고요. 하지만 어머니가 항상 금방 그렇게 징징거리시면 우리도 '보잘것없는 사람들'인 거예요. 우리는 이제 조금 더 멋스러워져야만 해요. 그리고 사람들이 말하는 그런 좋은 인상을 줘야만 하고요······"

"아니, 틸데야. 그런 것은 전부 돈이 정말로 많이 드는 일이란다. 도대체 어디에서 돈이 나온단 말이니?"

"돈은 제가 마련해요. 그리고 멋진 인상까진 아니라 해도 점잖고 교양 있는 인상은 지녀야지요. 하지만 징징거리는 일은 교양이 없다고요."

"이제 이런 식으로 새해가 시작되는구나"라고 노인이 되풀이했다. "말다툼에 포장마차에나 가는 식으로 말이다. 그리고 나는 그가 이렇게 이른 시간에는 아직 커피를 얻어 마시지 못할 거라고 생각한다. 포장마차는 당연히 오후 시간을 위해서나 있는 거지."

"내참, 그는 샅샅이 둘러볼 거예요. 그는 그런 점에 있어서는 융통성이 있으니까요."

후고는 아름다운 아침을 즐겼다. 그는 다시 멀리 산책을 할 수 있어서 행복했다. 자신이 병에 걸렸던 날 이후로 외출을 못 했기 때문이었다. 그는 모든 것이 즐거웠다. 단지 그것

제 10 장   109

이 약혼한 남자가 갖는 감정인지 아니면 그저 병의 회복기에 드는 기분인지만을 제대로 알지 못했다. "이것은 아마 회복기에 드는 기분일 거야. 하지만 결국은 마찬가지지 뭐." 그는 벨레뷔궁[50]을 지나서까지 걸어 나갔다. 그리고 돌아오는 길에서야 비로소 중간 크기의 포장마차 안에서 편안하게 자리를 잡았다. 지팡이를 든 나이 든 프리츠[51]가 철책 곁에 서 있는 곳이었다. 그곳에서 후고는 생각에 잠겨 짐작을 해보았다. "오늘 아침쯤 어머니와 누이가 내 편지를 받아보겠군. 그리곤 야단법석이 일겠지. 아우렐리는 아주 착한 아이이고 편협하거나 소견이 좁지는 않아. 하지만 그래도 지방 유지들이 갖는 이상한 감정을 지니고 있지. 아니, 사실은 이상한 게 아니야. 그 애가 이제 내가 하숙집 딸과 약혼했다는 소식을 읽으면 코를 찡그리며 하숙 치는 여자에 대해서 말하겠군. 그리고 어쩌면 나에게 그런 얘기를 쓸지도 몰라. 흠, 나는 그 점을 감수할 수밖에 없지. 뫼링네는 아주 착해. 노인 역시 그녀 나름대로는 그렇고. 하지만 비웃으려면 비웃을 수 있는 일이지. 그렇다고 해로울 건 하나도 없어. 사람은 모든 일에 대해서 비웃을 수 있으니까. 그리고 아우렐리는 틸데를 보면 아마 이상하게 여길지도 모르지. 틸데에게는 유혹적인 구석이라곤 하나도 없으니까. 하지만 그것이 행운이기도 해. 만

---

50) 1786년 베를린 동물원 북쪽에 지어진 성.
51) 프리드리히 대왕 동상.

약 그녀에게 유혹적인 면이 있다면 정말 오래 기다려야 하는 처지와 그렇게 매일 접하는 상황에서 도대체 일이 어디로 진행이 되겠어. 아예 지금부터 은밀한 관계가 되지 않도록 역시 나는 조심을 해야만 해. 그녀에게는 매몰찬 구석이 있지. 하지만 그것은 타고난 보호막일 거야. 그 밖에 나는 내 자신과 다른 사람들에게 내가 어떤 책임이 있는지 알고 있지."

후고가 집에 돌아왔을 때는 이미 열두 시였다. 그는 프리드리히 거리 모퉁이에서 광고탑 하나를 자세히 살펴보았다. 그리고 그들이 저녁 시간은 제국 공회당[52]에서 보내야겠다는 결론에 이르렀다. 그곳에서 한 여자 공중 곡예사가 묘기 공연을 한다고 했다. 곡예사의 모습이 종이 위에도 찍혀 있었다. 실제로는 스케치뿐이었으나, 그녀는 가벼운 의상을 입고 공중을 날고 있었다. "나는 저런 것을 보는 것이 좋다니까." 그는 기둥을 떠나 프리드리히 거리로 들어서면서 말했다. "내가 실질적인 일들에 대해서 전부 거부감을 느끼는 것은 이상한 일이야. 사람들은 그걸 약점이라고 할지 모르지만 그것이 어쩌면 강점일지도 몰라. 나는 그렇게 예쁜 인물이 공중을 나는 것을 보면 마치 넋을 빼앗긴 것 같고 사실은 거의 행복하기까지 하거든. 나는 그와 같은 것이 되었어야만

---

52) 된호프 광장Dönhoffplatz에 있는 무도회장.

했어. 직업 예술가나 비행선 비행사나 아니면 진짜로 환상적인 그 어떤 것 말이야. 아니면 동물 조련사라던지. 동물 조련사는 어렸을 때부터 나에게 특별히 매력이 있었지. 그 모든 것이 역시 보이는 것처럼 그렇게 위험하지는 않다고 하는데. 그들은 약간의 사향이나 사향의 향료를 머리에 바르지. 그러면 짐승이 덥석 물지를 않아. 맙소사, 내가 이런 물거품 같은 생각을 하고 있는 것을 틸데가 알았어 봐. 쳇, 생각에는 검열이 없는데 뭐. 또 그건 그저 내 생각을 스쳐지나가는 것뿐이고. 진지하게 바라보면 모든 것이 우스꽝스럽다는 것을 나는 알아. 동물 조련사라. 그 점에 있어서는 역시 틸데가 나를 손 안에 쥐고 있지. 그녀는 내가 그것을 눈치 채지 못하고 있다고 생각해. 하지만 나는 그 사실을 제대로 잘 알고 있지. 내가 그렇게 하는 것이 제일 좋다고 여기기 때문에 그대로 두고 있는 건데. 결국 사람은 자기 생긴 대로야…… 내가 그냥 이렇게 편안할 정도로만 참고 지낸다면……"

생각이 그 부분에 이르렀을 때 후고는 슐체의 궁전 같은 집 앞에 이르렀다. 그는 위를 올려다보았다. 슐체가 우단 잠옷에 터키 모자를 쓰고 창가에 서 있다가 모자를 들어올리면서 아래를 향해 자비롭게 인사를 했다. 후고는 인사에 답례를 했다. 하지만 그 인사가 썩 즐겁지는 않았다. 전체적으로 거만한 면이 드러났기 때문이었다. 어쨌든 대단한 경의는 아니었다. 그는 이제 위로 올라갔다. 층계 하나 위에 있는 놋쇠

문패가 윤이 나도록 닦여져 있었다. 그리고 가정부가 애교스러운 모자와 슐체가 직접 고른 장난스런 앞치마를 두르고 층계 난간 곁의 집 앞 복도에 서 있다가 건물 복도를 내려다보았다. 후고가 지나가자 그녀는 몸을 돌려 아주 얌전하게 인사를 했다. 하지만 그에 대해서, 아니면 실은 틸데에 대한 거만한 느낌으로 하는 인사였다. 후고는 그 느낌을 감지하고 상당히 의기소침해져서 위에 도착했다. 그가 그런 기분이 들었던 것처럼 역시 그 기분으로부터 재빨리 벗어날 수 있는 것은 행운이었다. 그는 위에 올라와서 다시 제국 공회당과 종이 위의 그림을 생각했다. 그리고 기분이 나아졌다. 그는 응접실로 들어서서 외투를 벗고 뫼링네로 건너갔다.

후고는 틸데만 있는 것을 목격했다. 그녀는 이상할 정도로 기분이 좋아 보였으며 새 옷을 입은 모습으로 그에게 나타났다. 노인은 없었다.

"안녕, 틸데. 새해 복 많이 받아요. 그런데 어머니는 어디 계셔?"

"어머니는 슈메딕케네와 돈너네 두 군데에 새해 방문을 하시고 싶어하셨어요. 우리가 슈트랄아우어 거리에 살 때 알았던 우리 집안의 옛 지인들이에요."

"나는 그들에 대해서 한 번도 들은 적이 없는데."

"듣지 못했을 수 있지요. 그들은 우리와 아무 상관이 없거든요. 우리도 그들과 아무런 상관이 없고요. 그들은 아주 지루하고 교양이 없어요. 하지만 어머니는 '사람이 좋은 옛 친구를 포기해서는 안 된다'는 옛말을 지키고 계세요. 마치 그들이 좋은 친구들인 것처럼요. 하지만 좋은 친구들은 아니에요. 그들은 그저 오래된 친구들일 뿐이지요. 그 말이 맞아요. 그래도 어머니는 해마다 거기에 가세요. 나는 그 이유를 약간의 호기심이라고 생각해요. 자 이제, 당신이 어디에 있었는지 말해봐요."

후고는 충실하게 보고를 했다. 그리고 틸데가 소파에 앉자 그녀 곁에 가까이 앉아서 선전탑에 대해서도 이야기했고 오늘 저녁에 제국 공회당에 가자고도 했다. 거기에 공기처럼 가볍고 화려한 모습의 여자 공중 곡예사가 있다며, 어머니도 기분 좋게 함께 갈 수 있다고 했다.

틸데는 그를 바라보며 미소 지었다. 그리곤 그의 손을 잡고 말했다. "제국 공회당이라고요. 아니요, 후고. 그런 것은 이제 끝났어요. 우리는 크리스마스이브 때부터 섣달 그믐날까지 매일 외출을 하거나 아니면 펀치를 마셨어요. 한 번은 진짜 고급 레스토랑에도 갔고요. 나는 우리 형편과 경제적 사정에 대해서 거의 말하고 싶을 지경이에요. 이제 그런 것들은 충분해요. 그리고 우린 이제 시작을 해야만 해요."

"그래, 도대체 무엇을 시작하는데, 틸데?"

"내 말을 기분 나쁘게 받아들이진 말아요. 하지만 당신만이 그렇게 물을 수 있다니까요. 당신에게 내 의견을 솔직하게 말하도록 해줘요. 그리고 내 말을 기분 나쁘게 여기지 않고 처음부터 내가 당신을 위해서 그리고 물론 나를 위해서도 그것을 원하고 있다는 사실에서 출발할 것을 약속해줘요."

"그럴게, 틸데. 말해보기나 해요. 나는 당신이 말하는 것은 언제나 합리적이라는 것을 알아. 가끔은 좀 너무 심하지만. 그래도 나는 이번 주에 당신이 삶을 즐길 줄 아는 면도 보았어."

"당신은 앞으로도 그 점은 계속 보게 될 거예요, 후고. 나는 많은 사람들이 생각하는 것처럼 그렇게 나쁘게, 그렇게 끔찍스럽게 이성적이지 않아요. 나도 역시 치장하고 즐기고 싶어요. 하지만 일이 먼저예요. 우리가 가난한 사람들이라는 것을 당신은 알고 있잖아요. 그리고 당신 역시 부자가 아니라는 것도요. 2 곱하기 0은 0이예요. 0을 가지고 사람들은 비싼 레스토랑에 갈 수도 없고 공중 곡예사를 보러 갈 수도 없어요. 우리는 이제 약혼을 했어요. 나는 정말 착하고 잘생긴 남자를 얻어서 행복해요. 그리고 많은 사람들이 내가 그런 남자를 얻은 것을 시샘하는 것도 분명히 알고 있어요. 아래층 고문관 부인이 분명히 그럴 테고 페터만 중위 부인 역시 그렇지요. 그들은 시기심 많은 늙은 여자들이니까요. 그리고 뾰족한 모자를 쓴 아래층 예쁜 금발 머리 여자 역시 항상 그런 식으로 나를 보고 있지요. 그래요, 시샘을 받는 일은 행복해요. 그리고 내가 그래요. 하지만 정지 상태는 후퇴라고 우리 아버지께서 돌아가시기 전 해 크리스마스 상여금을 받지 못하셨을 때 말씀하셨어요."

"당신이 전적으로 옳아." 후고가 끼어들었다.

"당연히 내가 옳지요. 하지만 당신은 그냥 그렇게 말하고 있는 거예요. 왜냐하면 당신이 더 이상 듣고 싶지 않기 때문이지요. 결국에 가서는 코진스키보다 더 중요한 모든 것을 당신이 듣고 싶어하지 않는다는 걸 나는 알고 있어요. 쉴러에 대해서 반대하고 싶어서 코진스키에 대해 말하는 것은 아니에요. 당신에게는 모든 것이 그저 예쁘게 보이고 매끄럽게 진행되고 편안해야만 하지요. 그래요, 게으름이 항상 제일 편안한 것이지요. 물론이지요. 전에 신사 분들이 정각 일곱 시에 커피를 원했을 때, 그리고 어떤 사람이 한 명 있었는데, 그는 항상 정각 여섯 시가 되는 순간에 일어났어요, 그러면 나는 밖으로 나가서 소나무를 쪼개고 머리에 수건을 쓰고 아침 빵을 사러 판슈미트 빵집으로 가야 했어요. 그때 나도 한 번 더 돌아눕고 쿠션을 턱 위로 끌어당겼으면 했어요. 왜냐하면 매섭게 추운 겨울이었고 이가 정말 이렇게 떨렸으니까요……"

"그렇다 해도, 틸데. 이제 그 시절은 지나갔어."

"그래요, 당신은 그걸 그렇게 말하고 있어요, 지나갔다고요. 뭐가 지나간 거죠? 우리는 약혼을 했어요. 그건 말하자면 우리가 결혼을 해서 기독교식으로 부부가 되자는 뜻이에요. 나는 그렇게 하자고 간청할 수밖에 없어요. 나에게 그렇게 간단하게 넘어가는 식으로 말하지 말아요. 나는 그런 것을 싫어해요. 모든 일이 나름대로 즐거워야 하지만 또 나름대로 진지함도 갖춰야 해요. 그리고 진지함이 먼저예요. 우리가 대학생 혹은, 같은 말이긴 하지만 고시생 남편과 아내로서는 세파를 견디어나갈 수 없기 때문이지요. 직책도 일거리도 없는 사람은 일을 해서 들어오는 수입도 없기 때문이지요. 그야말로 우리가 살아나가면서 가정을 꾸리려면 반드시 그 수입이 있어야 하는데……"

"내참, 틸데. 그건 아직 먼 일이야……"

"……만약 우리가 그렇게 살고 싶다면, 당신은 생활에 필요한 것을 돌봐야 해요. 이 말은 당신이 이제 국가고시를 꼭 봐야만 한다는 뜻이에요. 책들을 늘 옆으로 밀어 놓고 「유령」[53]이나 읽어서는 안 돼요. 다른 말이긴 하지만, 그 책은 제목이 말하고 있는 것처럼 오싹한 작품이에요. 나는 당신이 국가고시를 일찍 치를수록 더 좋다고 말하고 있는 거예요. 내일부터 시작할 거예요……"

"하지만 도대체 어떻게?"

"아주 간단해요. 제국 공회당이나 공중 곡예사를 생각하는 대신에 아픈 동안 까마득하게 잊고 있었던 당신의 복습 학습

---

53) 헨리 입센Henrik Ibsen(1828~1906)의 드라마.

코스를 생각하도록 해요. 이미 전에 한 공부 역시 많지가 않았어요. 당신은 돈만 내고 산책을 갔지요. 하지만 이제는 정말로 거기에 가야 해요. 그리고 저녁에는 어머니와 나에게로 건너와요. 당신 같은 수험생들은 옆에 답이 쓰여진 그런 문제지를 가지고 있지요. 당신 책상 위에 놓여 있는 것을 보았어요. 당신은 당신이 좋다면 안락의자에 누울 수도 있어요. 사자 무늬가 있는 당신의 옛날 여행용 담요를 덮고요. 당신이 거기 그렇게 누워 있으면 내가 당신에게 알고 있는지 물어보겠어요. 그리고 당신이 나에게 분명하게 대답할 수 있고 모든 것을 실에 꿰듯이 정확하게 알기 전에는 쉬지 않겠어요."

"하지만 틸데."

"그걸 기대해봐요. 그렇게 할 준비가 되면 당신은 와서 눕거나 아니면 앉아 있을 수 있어요. 그러면 내가 당신에게 질문을 하겠어요. 그리고 오늘 저녁은, 당신이 정말 아주 가고 싶다면 당신은 '공중 곡예사'를 보러 갈 수 있어요. 하지만 나는 함께 가지 않겠어요. 당분간은 그럴 마음이 없어요. 그럼 우리 내일 저녁에 시작해요."

제 11 장

후고는 자신이 기뻐해야 할 지 아니면 기분 나빠해야 할 지를 제대로 알지 못했다. 틸데가 자신을 데리고 그녀가 하고 싶은 대로 하고 있다는 것을 간파하지 못할 정도로 그는 멍청하지 않았다. 자기 상황이 대단히 비영웅적이라는 것을 느끼지 못했을 정도로 그렇게 분별력이 없지 않았다. 그래, 그렇게 되지 말았어야 했어. 하지만 그 기분은 잠시 동안의 변덕이었을 뿐이었다. 사실 그는 자신을 적절하게 왼쪽 오른쪽으로 조종을 하는 누군가가 있다는 사실이 기뻤다. 그것이 좋은 의도에 따른 것이며 그렇게 해서 자신이 앞으로 나아가고 있다는 사실을 그는 매순간 느꼈다. 그리고 틸데가 그를 대하는 방법을 관찰하는 것은 때때로 생기는 불쾌감을 훌륭하게 극복하도록 도와주었다. 그는 정교한 술책을 즐길 수 있는 자신의 미학적 감각으로 틸데가 행하는 방법을 일종의 예술적 안락함을 가지고 바라보았다. 그리고 학습 방법이 자신에게 직접 제공해주는 편리함을 즐겼다. 말하자면 너무나도 나약하기만 한 그의 지구력으로부터 최상의 의지를 가지고 해낼 수 있는 그의 능력 이상을 요구해서는 안 되었다. 그 점을 경계해야만 한다는 사실이 틸데에게는 명백했다. 그래서 그녀는 현명하고 노련하게 쉬는 시간이나 아니면, 그녀가 농담조로 표현했듯이, "짤막한 신문 기사"를 위한 시간을 배려했다. 그 단어는 그녀가 신문 문예란 냄새가 약간 나는 후고의 어휘 중에서 익힌 말이었다. 그녀는 자신이 가능한 한 재미있게 문답 게임으로 변화시킨 테스트가 부담스러워지기 시작하고 후고의 얼굴에 피로한 기색이 약간 나타나면 차 한 잔이나 포도주, 아니면 생강 과자를 가져왔다. 그리고 과자를 꺼내 그에게 주고 자신도 역시 한 조각을 들면서 생강을 가장 훌륭하게 졸이고 중국으로부터 (아니면 모방을 했을지도 모르는데) 파란 꽃무늬가 새겨진 커다란 도자기 항아리들을 가져온다는 몰루카 제도[54]에 대해서 이야기를 했다. 그러면서 그녀는 시사 문제로 넘어갔고 중국에서 일어나는 기독교인 숙청에 대해서 그에게 읽어주거나 안남과 통킨에 있는 프랑스 사람들에 대해서나 아니면 네덜란드 사람들이 원주

---

54) 인도네시아의 동쪽에 있는 향료의 원산지로 유명한 곳.

민들과 벌일 수밖에 없는 전쟁에 대해서 읽어주었다. 그리고 일본인들은 중국인을 훨씬 앞서 있다, 일본인들은 자연에 대해서 대단한 관찰력을 지니고 있어서 훌륭한 꽃들과 새들을 만들 수 있는 민족이다, 그런 민족은 최고도의 문화를 대표한다, 그 모든 것은 찻쟁반을 보면 알 수 있고, 게다가 최고 수준의 래커 칠에 대해서는 더더군다나 더 이상 말할 필요가 없다고 했다. 틸데는 그와 같은 이야기를 하면서 방향을 바꾸는 기교가 대단했다. 생강 과자의 도움으로 몰루카 제도와 일본과 중국에 대해서 이야기를 시작했다면 크롤과 젬브리히[55], 그리고 리빈스키에 대한 이야기로까지 되돌아오는 일은 그녀에게 쉬운 일이었다. 그녀는 또 후고를 위하여 자신이 직접 수집한, 흥미를 돋우는 이야기도 적절히 해주어서 그의 원기를 회복시켰다. 그러고 나면 그녀는 물었다. "자 그런데, 매도(賣渡)는 임차를 파기하나요, 아니면 파기하지 않나요?"

그러면 후고는 기운을 다시 얻어 열중을 하였고 가끔은 틸데가 정말 기뻐할 정도로 훌륭하게 대답을 했다.

뫼링 부인은 항상 그 자리에 있었다. 그녀가 어디로 가야

---

55) 폴란드 여자 성악가이자 피아니스트 마르첼라 젬브리히Marcelle Sembrich, 원래 이름은 마르첼리나 코칸스카Marzelina Kochancka (1858~1935).

할지 몰랐기 때문이었다. 그렇게 1월 말이 다가왔다. 그리고 어느 날 저녁 정각 열 시에 후고가 방을 나가고 틸데가 컵과 잔을 옆으로 치웠을 때 노인이 발 받침대에 앉아 난로 쪽으로 등을 대고 말했다. "말해보렴, 틸데야. 그가 잘 배우고 있니?"

"아주 잘 하고 있어요, 어머니. 실제로는 제가 생각했던 것보다 더 잘 하는데요."

"그래, 그래, 나에게도 그렇게 보이는구나. 그리고 그가 원래의 자기 모습보다 조금 더 활기에 차 있기도 하고. 그런데 너는 중간에 너무 많은 이야기를 하고 있어."

"어떻게요?"

"연극과 벨라에 대해서 많은 이야기를 했잖니. 나에게야 그렇게 중간에 들어가는 얘기가 항상 제일 좋지만. 그리고 중간에 아무런 얘기가 없다면 나는 자러 갔을 거다. 그래도 항상 중간에 그렇게 이야기를 많이 하는 것은 옳지 않은 것 같구나."

틸데가 웃었다. "아니요, 어머니. 그것은 전적으로 옳아요. 어머니는 그것이 다음과 같다는 걸 아셔야죠. 만약 제가 오늘 아침 슈판다우에 가야 한다면, 그래요, 그렇다면 저는 비닐 외투를 걸치고 우산을 들고 출발을 하지요. 그리고 샬로텐부르크 성에서 기대 서서 성 위로 몇 시인가를 올려다보지요. 그리고 정각 열두 시에 저는 슈판다우에 도착해 있고, 그리고 정각 네 시에는 다시 여기에 도착해 있어요. 그리고 어머니에게 커피를 내오지요."

"그래, 틸데야. 나도 그 말을 믿는다. 그런데 그 말이 도대체 무슨 뜻이니?"

"그런데 이제 어머니가 가신다고 해봐요. 역시 슈판다우로요. 그래요, 어머니는 브란데부르크 성문까지는 단숨에 가시지요. 그런 다음 첫번째 벤치에 가서 앉으실 거예요. 작은 분수들이 있는 바로 그곳이요. 그리고 어머니가 휴식을 취하셨으면 계속해서 가시게 되지요. 그런 다음 어머니는 작은 별 광장까지, 그리고 나서는 큰 별 광장까지, 그 다음엔 통행료 징수 건물까지 가시지요. 그리고 도처에 벤치가 있어서 어머니는 쉬실 수가 있어요. 그런 식으로 어머니는 슈판다우에 가세요. 저녁경이라고 해도 어머니가 도착은 하시지요. 그런데 만약 휴식을 위한 의자가 없다면 어머니는 녹초가 되어서 도착하지 못하실 거예요."

"아, 그래, 이제 알겠어. 의자들이 없이는 그가 도착을 못한다 그 말이구나. 그래, 그가 도착만 한다면야."

틸데가 말했다. "그는 할 거예요."

그리고 그 말은 맞았다. 그렇게 되었다. 후고는 합격했다. 그는 필요한 것만 겨우 알고 있었지만, 그럼에도 불구하고 시험을 강행했다. 그는 콘스탄츠 공의회에 소환된 후스[56]처럼 거기 앉아 있었다. 그는 진지하고 열성적이고 겸손했다.

반쯤은 씩씩했고 반쯤은 겁에 질려 있었다. 그 태도가 결과적으로는 모든 좋은 결과를 가져왔다. 그의 사람됨이 승리를 한 것이다. 시험관 중 한 사람이 그를 곁으로 불러서 말했다. "친애하는 그로스만, 모든 것이 훌륭했어요. 축하해요."

후고는 들떠 있으면서도 또한 억눌려 있는(그는 미래를 생각했기 때문에 억눌려 있었다) 이상야릇한 정신 상태로 집에 왔다. 그리고 집에서 모녀를 만나자 비로소 그는 그런 기분에서 벗어났다고 여겨졌다. 틸데는 눈을 반짝이며 비교적 조용히 있었다. 하지만 후고는 자기 방으로 물러가는 것으로 마지막 순간에 노인으로부터 입맞춤을 당하게 되는 위기를 아슬아슬하게 피할 수 있었다. 이는 뫼링 부인에게 부당했다. 그녀는 대부분의 나이 든 베를린 여자들처럼 역시 말을 하고 싶어서 몸살을 했다. 그 때문에 틸데가 이제 노인의 마음에 들끓고 있는 모든 것을 함께 들어줘야만 했다. "다행이야, 틸데야. 이제 편안히 다시 잘 수 있겠다. 또 사람이 어떻게 될지도 알겠고. 그래도 그가 원래는 착하니까 늙은이를 죽게 내버려두지는 않겠지."

후고는 집에 편지를 쓰고 리빈스키에게도 몇 줄 적어서 모든 것이 잘 되었음을 알렸다.

---

56) 체코의 종교 개혁가 얀 후스 Jan Hus(1370~1415).

그가 일곱 시경에 다시 건너갔을 때 그는 조촐하게 차려진 만찬상을 마주했다. 틸데가 근처 커다란 식당으로부터 뤼데스하이머[57] 포도주 한 병과 함께 주문해놓았던 만찬이었다. 포도주 병에는 진품을 증명하는 라인가우란드샤프트[58] 그림이 붙어 있었다. 만찬상에 깃들어 있는 세심함과 그리고 거의 그 이상으로 모든 것을 준비해놓은 훌륭한 취향은 후고에게 효력이 없지 않았다. 그는 자신이 속으로 정말 무엇을 원하는지 정확하게 알지 못했으면서도 어쩌면 결정은 올바르게 내렸을지도 모른다는 감정에 갑자기 사로잡혔다. 맞아, 그들은 소박한 사람들이야. 좀 하층 계급이긴 하지만 그래도 착하고 단정하고 신뢰할 수 있어. 그리고 다른 모든 것은, 그래 단지 허상일 뿐이지. 도금 같은 거야. 그리고 마치 "우리는 서로 통해"라고 말하는 것처럼 그는 틸데를 향해 식탁 위로 손을 내밀었다. 그런 다음 음식을 맛있게 들었다. 그는 매번 잔 너머로 손을 잡는 뫼링 부인을 계속 저지하다가 마침내 뿌리치는 데 성공했다. 그리고는 그녀에게도 역시 황금빛 포도주를 따라주었다. 그때 그는 선량한 뫼링 부인을 훌륭한 시험관과 교묘하게 비교하여 연결시키고 두 사람의 장수를 빌면서 기분 좋은 축배를 하기에까지 이르렀다. 틸데는 식사 후에 그 날을 축하해서 특별히 진한 커피를 내왔다. "얘, 틸

---

57) 라인 강변에 위치한 도시 뤼데스하임에서 나는 백포도주.
58) 독일 헤센 주에 있는 라인가우 지방의 풍경.

데야. 커피는 핏속으로 흘러들어 가. 그래서 나는 항상 가렵단다."

"아이, 어머니도. 커피가 맛만 좋다면야 가만히 계세요."

"그래, 맛은 있구나. 그리고 진하고. 그래, 뫼링이 항상 '여보, 커피를 갈 때 한 알도 옆으로 튕겨나가지 않았군'이라고 말하던 그것과 같아. 맙소사, 내가 이렇게 네 아버지를 생각하고 있는 걸 알면 그가 뭐라고 말을 했을까." 후고는 이제 커다란 안락의자에 앉아서 시험이 어땠었는지 정확하게 보고를 해야만 했다. 그렇다, 틸데는 그가 또 너무 확실하게 대답하지 않았는지 묻기까지 했다. 그녀는 시험관들이 그런 것을 견딜 수 없어 한다고 들었다고 했다. 후고는 그 점에 관해서는 그녀를 안심시켰다. 그리고 다 설명을 하고 나서 지나가는 말로 자신이 오빈스키에 있는 그의 어머니와 누이에게 바로 편지를 썼다는 말도 언급했다. 지금 그는 특히 오빈스키와 자신의 유년 시절과 부모님 집에 대한 이야기에 이르렀다. 그리고 그곳에 사는 사람들이 얼마나 멋진 생활을 하는지도 말했다. 시장, 약사, 변호사, 그들이 항상 가장 멋지게 생활을 한다, 그들이 가장 많은 돈을 가지고 있기 때문이다, 그리고 사실은 그런 소도시 생활이 대도시에서의 생활보다 훨씬 더 재미있다, 왜냐하면 항상 무슨 일인가가 벌어지고 있기 때문이다, 그들은 카드 놀이를 하지 않으면 연극 공연을 한다, 또 무도회가 열리지 않으면 썰매 타기가 있다, 그러면 방울소리들이 오후 내내 울리고 눈바닥에서 눈이 흩날린다, 그리고 예쁜 여자들은——작은 도시에는 예쁜 여자들이 늘 있기 때문에——토시에 손을 집어넣고 있다, 날이 몹시 추우면 그들의 파트너의 손도 거기에 들어가 있다고 했다.

"맙소사," 어머니 뢰링이 말했다. "파트너라니? 그들의 진짜 배우자들은 어디에 있고?"

"그들은 다른 썰매 안에 있지요."

후고는 그렇게 계속해서 이야기를 늘어놓았다. 그리고 틸데가 약간 웃도록 하는데도 성공했다. 자기 약혼자의 손은 절대로 그런 토시 안에 들어가지 않았다고 확실하게 생각되었을 때, 틸데는 오빈스키의 도덕성이 조금씩 덜 두려워졌다. 후고는 그런 것을 예쁘다고 여겼기 때문에 그냥 생생하게 묘사하고 싶어할 뿐이었다. 하지만 그런 광경을 실행에 옮길 생각이 그에게는 없었다. 그 모든 것을 틸데는 잘 알고 있었다. 그녀는 또 질투로 자신을 괴롭히는 대신에 오빈스키의 생활에 대한 후고의 묘사에서 자기 자신의 계획을 위해 필요한 사항만을 가려 들었다. 그녀는 항상 후고는 작은 도시에 어울리지 대도시에는 어울리지 않는다고 속으로 확신했었다. 지금 그녀에게는 그 사실이 점점 더 확실해졌다.

후고 자신은 일찍 물러갔다. 시간이 아홉 시도 채 되지 않아서였다. 승리를 했다 해도 격전의 날이었기 때문이다. 하지만 그는 아직은 잠을 자고 싶지 않아서 자기 방 안에서 이리저리 왔다 갔다 했다. 요컨대 그는 그다지 승리감에 도취된 기분이 아니었다. 그는 이제 사법관 시보였다. 모든 것이 아주 잘 되었다. 하지만 이제 배석 판사 시험이 남아 있었다. 이 후반부 과정이 훨씬 더 험난할 것이라는 생각을 하자 시험 장소로부터 게오르겐 거리에 있는 집까지 오는 도중에 들었던 두려운 감정이 다시 그를 덮쳤다. 틸데에게는 장난이 있을 수 없었다. 어쩌면 내일 벌써 틸데가 설날에 자신과 했던 대화를 반복하면서 자신에게 두번째로 설교를 할 거라는 계산을 그는 반쯤 확실하게 했다. 어쩌면 일주일 동안의 휴가를 다시 허용할지 모른다. 그런 다음에 낮에는 시험 준비반, 그리고 저녁에는 문답 게임이 다시 시작될 것이다. 후고는 그것에 질렸고 자신이 그것을 극복할지 의심스러웠다. 혹 그가 떨어졌다면 더 좋았을지도 몰랐다. 그렇다면 그 모든 고역은 사라질 것이다. 물론 그는 약혼을 했다. 하지만 겨우 석 달밖에 되지 않았다. 그 사실은 그다지 중요해 보이지 않았다. 그리고 결국은 법률 업무라는 것이 자신에게는 맞지 않는 일임에 틀림없을 것이다. 전부 경직되어 있고 딱딱한 일이기 때문이다. 리빈스키도 살고 있다. 그리고 자신이 포젠 선로 위를 달려가고 있고 (후고는 지금 그것을 기억하고 싶었다) 작은 역들이 스쳐 지나갈 때면, 그곳의 역사들이 야생 포도 덩굴에 반쯤 덮여 있고 빨간 모자를 쓴 역무관들이 기차를 검열했고 금발머리를 한 젊은 여자 하나가 반은 호기심으로 반은 지루해서 작은 이층 창문을 통해서 내다보고 있었다. 맙소사, 그때 이미 그는 여러 번 생각을 했었다. 그래, 역 경관을 못할 이유가 뭐야, 라고. 그에게 다시 그런 생각이 들었다. 그리고 역 경관이 아니라면 격납고 감독관이나 전보원은 안될까? 타이프를 약간 치는 일은 어쨌든 틀림없이 배울 수 있는 일이었다. 그리고 가끔 흥미 있는 전보도 오곤 한다. 또 여러 가지 일에 대해서 통찰력이 생긴다.

후고는 그런 생각에 잠겨 진정이 되었고 잠이 들었다. 하지만 다음 날 아침이 되자 전날의 근심이 다시 찾아들었다. 그는 자신이 여전히 혼자서 들고 있는 아침 커피를 틸데가 그의 방으로 가져왔을 때 당황을 했다.

"좋은 아침이에요, 후고. 해가 얼마나 찬란하게 빛나는지 봐요. 해도 당신을 축하하고 있어요. 그리고 바깥도 역시 따뜻해요. 산책을 하고 모든 긴장 후의 휴식을 취하도록 해요. 사람이 아주 용감하다 해도 (그러면서 그녀는 미소를 지었다) 시험 앞에서는 모두 떠니까요. 산책은 원기를 다시 회복하게 해주지요. 그리고 우리에게 몇 가지 새로운 소식도 함께 가져다 줘요. 당신이 말했던 '공중 곡예사'는 아마 더 이상 공연하지 않을 거예요. 만약 아직 한다면 얘기를 해줘요. 우리는 오늘 저녁에 거기에 갈 수도 있어요. 나는 오늘 오전에는 시내에 가야 해요. 당신에게 뭘 좀 사다줄까요? 아니면 뭐가 먹고 싶어요? 사랑스런 우리 애인, 당신 정말로 창백해졌어요." 그러면서 그녀는 그녀의 얇은 입술로 그에게 키스를 했다. 그런 다음 나가다가 문 앞에서 다시 한 번 상냥하게 고개를 끄덕였다.

"이상한 아가씨라니까." 후고가 말했다. "정말 착하고 성실하긴 하지. 하지만 키스는 그녀의 강점이 아냐. 그래, 모든 것을 요구할 수는 없지. 그리고 어쨌든 나는 그녀가 바로 다시 시작하지 않아서 기뻐. 어쩌면 지금은 그저 사형 집행 유예 기간일지도 모르지. 그렇다면 살아 있는 날이 며칠이나 될까? 하루하루가 항상 중요하군."

후고의 두려움은 쓸데없어 보였다. 시험은 3월 말에 있었다. 그리고 벌써 4월 중순이었다. 틸데는 배석 판사 국가고시와 그 준비에 대해서 말하지 않았다. 그녀는 그대로 지내도록 하면서 아주 세심하게 굴었다. 그 세심함 가운데 가장 우선이었던 것은 2그로쉔[59]짜리 작은 인쇄 문고판으로 나온 작품을 낭독해주는 일이었다. 그리고 그녀는 전보다는 자주 집을 비웠고 날마다 오전에 시내에서 몇 시간씩 있었다. 단지 그것만이 달라진 점이었다. 후고 자신은 그 사실을 염두에 두지 않았다. 노인 역시 거의 마찬가지였다가 어느 날 물었다. "틸데야, 너는 요즘 룬췐이 와서 청소를 할 때면 항상

---

[59] 옛 독일의 작은 은화로 약 1/24 탈러에 해당됨.

바로 나가고 없구나. 나는 아무 말도 하고 싶진 않단다. 하지만 룬퀜이 잘 보지를 못하니까 늘 부딪혀서 물건을 전부 깨버리는구나. 오늘은 또다시 녹색 등을 깼어."

"그래요, 그거 안 좋은 일이네요, 어머니."

"너는 도대체 어딜 항상 가는 거니, 틸데야?"

"여성 독서실에요."

"그리고 거기선?"

"거기서 저는 신문을 읽어요."

"하지만 후고도 매일 하나씩 보고 있잖아."

"물론이지요. 그렇지만 하나로는 충분하지 않아요. 저는 많이 필요하거든요."

"네가 그렇게 여긴다면 그래야지. 나는 아무렇지도 않은데."

그리고 그것으로 그만이었다. 노인은 그 이야기를 다시 꺼내지 않았다. 그리고 일주일 후 그 반쯤은 비밀스러웠던 신문 읽기가 역시 다른 질문이 없이도 즉시 해명이 되었다.

그날은 독서실이 열한 시에서 한 시까지 여는 일요일이었다. 틸데는 한 시 반에 집에 돌아왔다.

"다녀왔어요, 어머니. 탄 냄새가 약간 나네요. 어머니가 아마 제대로 보지 않으셨나 봐요. 할 수 없지요, 후고는 그것을 알아채지 못하니까요. 그리고 알아챈다 해도 그는 탄 부분을 제일 좋아하면서 먹지요. 그리곤 항상 '여기에 들었던

제 11 장 131

동물적인 것이 이제 모두 빠져나갔군'이라고만 말을 해요."

"그래, 그래, 그는 그렇게 말하지. 그리고 나는 항상 그에 대해서 그에게 물어보고 싶었단다. 하지만 '차라리 그러지 말자'라고 역시 생각을 다시 하지."

"그건 그렇게 하신 것이 역시 제일 좋았어요. 묻지 않는 것이 항상 더 좋거든요. 그런데 어머니는 부엌에 전혀 들어가보지 않으셨어요?"

"들어가봤지, 틸데야. 지금 방금. 나도 그걸 바로 알아채고 석탄을 몇 알 꺼내고 물을 끼었었단다. 나도 화가 났지. 그게 바로 많은 낭비니까. 그래도 좀더 일찍 나가볼 수가 없었단다. 슈메딕케가 여기 와 있었거든."

"그랬군요. 그 여자가 뚝 떨어져 있을 수만 있다면 좋겠어요. 슈메딕케는 절대로 좋은 말은 하지 않거든요. 항상 그저 호기심 때문이거나 아니면 악의를 가지고 들르지요. 그리고 가난한 사람들에게는 이루어질 수 없는 축원이나 하러 오고요."

"내참, 틸데야. 너는 그 점에 있어서 그녀에게 부당하게 굴고 있단다. 적어도 오늘은 그렇구나. 그녀는 단지 후고의 시험 때문에 우리를 축하하러 왔었는데. 그리고 이젠 언제 결혼을 할지……"

"그리고 어머니는 앞으로 한참 더 시간이 걸릴 거라고 말씀하셨겠지요? 그렇지 않은가요? 저는 다 알 수 있다고요.

왜냐하면 어머니는 항상 겁이 나셔서 죽을 지경이시니까요. 또 여전히 아무 일도 이루어지지 않고 있고 모든 것이 허사였고 돈은 다 써버렸다고 생각하시니까요. 항상 그것이 어머니가 제일 무서워하시는 거지요. 그리고 어머니는 그런 두려움이 생기면 자신을 보잘것없는 사람 취급을 하면서 한탄을 하시지요. 매부리코를 한 레이스 장사꾼의 과부인 슈메딕케 같은 사람 앞에서조차 그렇게 하신다니까요."

"아니다, 틸데야. 나는 그렇게 말하지 않았단다. '앞으로 시간이 한참 더 걸리겠다'고 말하지는 않았어. 나는 그냥 잘 모르겠다고만 했어. 하지만 네가 가끔 마치 일이 곧 이루어질 것처럼 그렇게 행동한다고는 했지."

"그러니까요? 그녀가 그때 뭐라고 말했어요?"

"그래, 그러니까 그녀가 말했어. '그래요, 뫼링 부인, 많은 사람들은 용기가 있지요. 사법관 시보는 대단한 것이 아니에요. 사실 그것은 단지 시작일 뿐이지요. 하지만 모든 시작이 어려워요. 그리고 시작이야말로 항상 대단한 것이라고 할 수 있지요. 그리고 그가 정말 장관이 될 리는 없겠지만, 아니, 혹시 알아요? 그럼 맙소사, 내가 틸데를 생각하면……'"

"그녀가 그렇게 말했어요?"

"그래, 틸데야, 그런 식이었단다."

"뻔뻔한 인간. 게다가 미련하기까지 해요. 유행 지난 레이스 같은 여자라니까요. 하지만 우리가 그녀에게 청첩장을 보내면 그녀가 놀라겠지요."

"아니, 틸데야, 그런 말 좀 하지 마라. 그런 말을 하면 사람들 구설수에 올라. 그리고 절대로 일이 되지도 않고. 어쨌든 돈이 많이 들어갔잖니. 나는 가끔 돈이 어디서 항상 나올지 모르겠구나."

"어머니, 저는 요술을 부릴 수 있어요."

"맙소사, 얘야. 너 지금 또 그렇게 말하는구나. 악마를 부르면 오는 법이야. 너는 진지한 일에 있어서 그렇게 장난으로 말을 해서는 안 돼. 아버지도 항상 '사람들은 그것이 재미라고 생각하는데 하지만 그것은 재미가 아냐. 결혼식 날은 가장 진지한 날이야. 그리고 제대로 결혼을 하지 않은 많은 사람들은 역시 표시가 나지'라고 말씀하셨어. 그런데 너는 지금 요술에 대해서 말하고 있고, 마치 일이 다 준비되어서 성 요하네스 축일[60]에 결혼식을 올릴 것처럼 행동하고 있다고."

"그렇게 될 거예요, 어머니."

"맙소사, 틸데야. 놀라 자빠지겠구나. 네가 마치 모든 것을 이미 확실하게 수중에 지니고 있는 것처럼 거기 서 있으니……"

"지니고 있고말고요."

그렇게 말하면서 틸데는 반쪽으로 두 번 접은 메모쪽지를

---

60) 6월 24일.

원피스 주머니에서 꺼냈다. 그리고 그것을 펼치면서 말했다.
"자, 읽어보세요, 어머니."
"아, 어떻게 읽으란 말이니. 전부 연필로 썼는데, 그리고 안경도 없이."
"그럼 제가 읽을 테니 잘 들어보세요."
틸데가 읽었다. "자격증 있는 인물…… 이해하시지요, 어머니?"
"오, 아주 잘. 계속 읽기나 하렴."

자격증 있는 인물, 즉 최소한 1차 국가고시에 합격했고 그에 대한 완전한 증빙서류를 제출할 수 있는 사람에게, 원한다면 우리 시의 시장직에 응모해줄 것을 이 공고를 통해서 권유하는 바입니다. 관사와 몇 가지 부수입을 제공하며 봉급은 3000마르크. 지원자가 아래 주소로 직접 와서 자신을 소개하는 것을 원치 않으면 서류를 보내주기 바랍니다.

        서프로이센의 볼덴슈타인 시청과 시의회

노인은 안락의자로 가서 앉았다. 다른 때라면 항상 피하던 일이었다. 하지만 그 중요한 물건은 후고가 5주일간 앓는 동안 약간 닳아 있었다. "맙소사, 틸데야. 그게 가능하니? 너 제정신이 아니구나. 나는 요술에 대해서는 말하지 않는단다.

그것은 다시 사라져버리기 때문이야. 그런데 그가 그 자리를 얻게 될까? 아마 사람들이 많이 올 거야. 그리고 그가 아주 잘생긴 남자이고, 사람들로 하여금 금방 '그는 지금 주일 설교를 하고 있군'이라는 생각을 들게 만드는 눈매를 지녔다 해도. 그래, 나는 사람이 아주 많을 거라는 생각이 드는구나. 그리고 많은 사람들이 그보다 재빨라서 그 대신에 그 자리를 채 가면……"

"그냥 좋은 방향으로만 생각하세요, 어머니. 재빠른 점에 있어서라면 이번에는 아무도 그를 따르지 못해요. 그는 오늘 내로 밤 기차를 타고 떠나야만 해요. 볼덴슈타인은 역으로부터 한 시간 거리에 있거든요. 그리고 아마 버스가 있을 거예요. 그는 다섯 시면 역에, 여섯 시에는 서프로이센의 볼덴슈타인에 도착을 하지요. '갈색 말'이라는 이름의 여관이나 그 비슷한 것이 있을 거예요. 시청 바로 맞은편에 있을 거라고 생각해요. 그리고 그는 거기에서 열 시까지 수면을 취해요. 우선 충분히 자야 하기 때문이지요. 다른 때라면 그가 그럴 필요는 없지만요. 그런 다음에 그는 아침 식사를 하고 몸 매무새를 가다듬고 정각 열두 시에 들어가서 인사를 하지요. 그 사람들이 모두 금방 '물론이야, 이 사람이 제격이야'라고 말하지 않는다면 저는 제 이름을 바꾸겠어요. 그리고 그 늙은 슈메딕케의 시기심 역시 계속 도움이 되겠지요. 그녀는 성 요하네스 축일 다음 날 청첩장을 받게 될 거예요."

제 12 장

슈메딕케 부인은 정말로 청첩장을 받았다. 왜냐하면 모든 것이 틸데가 예언했던 것과 똑같이 이루어졌기 때문이다. 그리고 성 요하네스 축일에 영국관[61]의 아주 작은 홀에서 결혼식이 열렸다. 주례를 맡았던 하르트레벤 목사는 조촐한 축하연에도 참석해달라는 설득을 받아들였다. 그리고 정감 있는 유머러스한 연설을 했는데, 그 연설이 교회에서의 주례사보다도 더 좋았다. 그는 신부를 마주보고 오빈스키에서 올라온 후고의 어머니와 누이 사이에 후고의 사촌 누이 두 명과 함께 앉았다. 그 둘은 매번 후고를 점찍었었다. 하지만 둘 다

---

61) 베를린의 모렌 거리 49번지에 있던 고급 식당으로 황실의 궁정 요리사였던 A. 후스터가 경영을 했다. 프리드리히 슈필하겐이 공식적으로 주최했던 폰타네의 70회 생일 축하 파티도 이곳에서 개최되었었다.

반은 폴란드인이었고 아주 예뻤기 때문에 그녀들의 기분이 그다지 위축되지는 않았다. 그들은 잔치 분위기가 가라앉았을 때 후고를 위해서 잔을 비우고 그에게 친척 누이로서 키스를 했다. 그 키스는 마치 오목한 손바닥 위에 나뭇잎 한 장을 놓고 내려치는 것처럼 소리가 크게 났다. 그리고 신부를 향해 애교 있게 위협을 하면서 '옛사랑은 녹슬지 않는다'라고 말했다. 틸데는 그 모든 일을 아주 편한 마음으로 받아들였다. 후고의 과거는 그녀를 별로 불안하게 만들지 않았다. 그것은 대단치 않았음에 틀림없었다. 그리고 미래는 그녀를 훨씬 덜 불안하게 했다. 그 밖에 오빈스키부터 볼덴슈타인까지의 거리는 15마일이나 되었다. 커피를 마실 때 두 아가씨는 하르트레벤 목사 옆에 앉았다. 목사는 그녀들에게 오빈스키의 가톨릭식 생활에 대한 이야기를 해보라고 했다. 가톨릭 성직자들과 결국은 개신교 성직자들까지도 예쁜 두 아가씨의 트집이 가득한 입방아 속으로 빨려들어가자 그는 싱글거리며 귀를 기울였다. 그리고 그는 자리를 뜰 때 현세주의자들의 우월성에 대한 자신의 옛 신조가 다시금 강해졌다고 느꼈다. 그가 마음을 털어놓을 만한 사람이 거기에는 아무도 없었다. 하지만 그가 층계를 내려와 수많은 결혼식을 통해서 안면이 있는 수위에게 상냥하게 웃으면서 인사를 했을 때 현세주의자들의 우월성에 대해서 자신이 옛날에 좋아했던 문구가 생각났다. "경건함을 지닌 특유의 모습이야. 그런 모습을 견딜 수 있는 사람들은 겨우 몇 명뿐이지. 그리고 자신들의 신을 위해서 중요한 일을 했다고 확신하는 사람들이 지니고 있는 자신감과 요구보다는 분별없는 신앙심에서 우러나오는 아무것도 아닌 척하고 전혀 의미 없는 척하는 그런 태도에 사실은 더 훌륭한 것이 들어 있어. 그 아가씨들…… 정말 우아하고 사실은 정말 겸손해. 그리고 매혹적인 젊은이인 리빈스키 그 친구……"

그렇다. 리빈스키도 왔었다. 그가 '이번에는 진지하다'고 주장한 새 약혼녀와 함께였다.

"정말인가?"라고 후고는 물었었다.

"그럼! 그녀는 비극배우인걸."

슈메딕케는 뫼링 부인 곁에 앉아서 결혼 전야제를 (하지만 전야제는 없었다) 위해 자신이 가져온 결혼 선물에 대해서 많은 이야기를 했다. 선물은 세 줄 달린 장밋빛 현등이었다. 슈메딕케는 아주 인색했다. "무엇이 가장 좋을까 하고 오랫동안 생각했어요. 그때 슈메딕케[62]가 왔을 때 얼마나 어두웠었나가 저절로 떠올랐지요. 그건 공포스러운 순간이었고 마치 범인 하나가 숨어들어오는 것 같았어요. 그래도 슈메딕케는 사람이 더할 나위 없이 흠잡을 데가 없었어요. 그리고 그 이후로 나는 결혼식이 있으면 그런 것을 선물해요. 너무 밝아

---

62) 자기 남편을 의미함.

도 좋지 않아요. 하지만 이 정도 희미하면 괜찮지요." 뫼링 부인은 고개를 끄덕였지만 침묵했다. 그녀가 그 현등에 대해서 화가 나 있었기 때문이었다.

그날 저녁에 신혼부부는 여행을, 그것도 바로 볼덴슈타인을 향해서 떠났다. 하지만 그들이 첫날밤은 퀴스트린에서 그리고 둘째 날은 브롬베르크에서 보내기로 계획했기 때문에 그들은 그 여정을 신혼여행이라고 했다. 그렇다. 후고는 그 여행에 대해서 자부심을 가졌다.

"나는 신혼여행지가 항상 드레스덴[63]과 브빌식 테라스[64]이거나 아니면 거기에 츠빙어[65]까지 포함되는 건 정상이 아니라고 생각해. 우리 퀴스트린에서 다음 날 아침에 프리드리히 황태자의 감옥과 카테[66]가 처형되었던 장소를 봅시다. 나는 거기가 츠빙어보다 더 적절하다고 생각하거든." 틸데는 모든

---

63) 19세기 독일에서 대단히 인기가 있었던 신혼여행지.
64) 드레스덴에 있는 엘베 강변로.
65) 드레스덴에 있는 유명한 기념 건축물.
66) 프로이센을 정치·사회를 비롯한 모든 면에서 진보적으로 개혁하여 유럽 내 강국으로 만들었던 프리드리히 2세는 황태자 시절 아버지인 군인왕 프리드리히 빌헬름 1세와 갈등이 심해서 영국으로 도피를 계획했었다. 그 계획이 발각되었을 때 왕은 황태자를 퀴스트린 감옥에 가두고 황태자가 순종을 거부하자 그에 대한 보복으로 황태자의 심복이자 친구였던 한스 헤르만 폰 카테Hans Hermann von Katte(1704~1730)를 처형했다. 황태자는 감옥 창문을 통해서 그 처형을 내다보았다고 한다.

것에 동의했다. 큐스트린은 볼덴슈타인으로 가는 도중에 있었다. 그리고 가능한 곧 볼덴슈타인에 도착하게 된다는 사실, 오로지 그것만이 중요했다.

26일 정오에 그들은 도착했다. 그리고 전 시장이 소유했었고 오빈스키의 후고 어머니와 누이가 꾸며놓은 집으로 이사했다. 일부분은 오빈스키의 집에서 온 몇 가지 옛날 물건들이었고 일부분은 새로 산 가구와 볼덴슈타인에서 구입한 천들이었다. "아마 값은 더 비쌌겠고 쓸모는 없겠지요"라고 틸데가 말했다. "하지만 여기에서 그렇게 물건을 산 것은 다시 보상이 될 거예요. 우리는 이곳에서 아첨을 할 수밖에 없거든요. 볼덴슈타인은 우리가 승부를 걸어야만 하는 카드니까요."

후고는 7월 1일에 취임을 했다. 그리고 취임 연설을 통해 즉시 사람들 마음을 사로잡았다. 자신은 반동향인이다, 소년 시절부터 프로이센 국가의 힘이 동쪽 지방에 놓여 있다는 확신이 확고했다. 동쪽 지방으로부터 나라 이름도 나왔고 프로이센 왕조는 쾨닉스베르크[67]에서 유래하고 있다, 볼덴슈타인이 쾨닉스베르크와 같은 식으로 나라 역사에 관여되어 있는지는 확실치가 않다, 그렇다 해도 아주 작은 것, 즉 의무를 이행하고 옛 프로이센의 덕목을 준수하는 것을 통해서 모범

---

67) 옛 동프로이센의 수도.

적으로 영향을 주고, 그래서 나라에 명예이고 국왕 전하께 하나의 기쁨이 되는 것 역시 충분히 위대한 것이라고 했다. 이 부분에서 박수 소리가 커졌다. 왜냐하면 볼덴슈타인은 보수당에게 표를 주었기 때문이었다. 하지만 분위기를 잘 간파하고 있던 후고는 한 작은 그룹이 그런 애국적인 표현에 보내고 있는 조소도 역시 보았다. 그래서 그는 덧붙여 말했다. "전하께, 즉 우리 모두가 목숨을 걸고 지키고 있는 헌법의 수호자인 왕에게 기쁨이 되는 것입니다."[68]

연설의 결말은 그 날 저녁 질버슈타인&이젠탈[69] 회사가 역시 같은 날 저녁에 환영 노래를 불러주기로 제안했을 정도로 영향력을 발휘했다. 보수주의자들은 그 모임에서 빠졌다. 하지만 그것은 후고에 대해서가 아니라 진보적인 회사에 대한 항의였을 뿐이었다.

그날 이후 며칠 동안은 약간 불안했다. 후고는 시내와 그 근방, 즉 주의원을 방문해야만 했었다. 주의원은 명망 있는 인사였다. 후고는 즉각 그와 잘 지내기로 결심을 했으나 그 일이 아주 쉽지는 않았다. 환영 노래가 상부 관청에 거부감을 주었기 때문이었다. 틸데가 말했다. "그건 괜찮아요. 로

---

[68] 처음에는 왕권만을 강조했다가 진보당의 마음에 들기 위해서 헌법을 강조하고 있음.
[69] 둘 다 독일계 유대인 성(姓)이다.

마는 하루아침에 세워지지 않았거든요. 좋은 일은 시간을 요하지요." 그녀는 우선 집을 꾸미는 일에 주의를 기울였다. 온갖 종류의 자질구레한 물건들을 사들여 집 꾸미는 일은 마무리가 되었다. 그들이 도착한 후 3일째 되는 날 역시 베를린으로부터 몇 가지 물건이 더 도착을 했다. 그 가운데는 현등도 있었다. 후고는 슈메딕케가 상상했던 자리에 현등을 놓는 것을 꺼려하지 않았다. 하지만 틸데가 말했다. "그 자리에서는 아무도 그걸 보지 못해요." 그리고는 현등을 복도에 내걸었다. 물론 환한 여름이 당분간 계속되는 동안은 현등이 전혀 효과를 발휘할 수 없는 장소였다.

관사에서 가장 훌륭한 장소는 상당히 큰, 예쁜 정원이었다. 정원은 칠면조 한 마리와 주계(珠鷄)들이(이전 시장으로부터 모두 넘겨받았다) 있는 좁다란 마당을 지나서 바로 집 뒤에 위치해 있었다. 회양목으로 된 화단 경계선이 가운데를 지나고 있었고, 중간쯤에 해시계가 있었다. 왼쪽과 오른쪽으로 뻗어 있는 화단에는 봉선화와 참제비고깔이 피어 있었고, 사방에 커다란 해바라기들이 무성했다. 전 주인이 틀림없이 해바라기를 좋아했던 것 같았다.

특히 그곳에서 틸데는 소일을 했다. 그녀는 자신이 고안해 낸 커다란 하얀색 밀짚모자를 쓰고 후고가 시청에서 돌아오면 그의 팔짱을 끼고 이리저리 함께 거닐면서 회의들에 대해서 이야기하게 했다.

"나는 가끔 당황스러워"라고 후고가 말했다. "그들은 내 법률 지식을 신뢰하고 있거든. 그래서 나는 항상 무엇이 할 수 있는 일이고 무엇이 합법적인지를 낱낱이 알고 있어야만 해. 물론 나는 항상 이렇게 말하지, 그것은 아주 어려운 상황이다, 그것은 아주 복잡한 사건이다. 그 사건은 경우에 따라서 달리 결정될 수밖에 없을 가능성이 아주 높다, 라고. 하지만 그럴 때면 나는 가슴이 두근두근거리지. 내가 말하는 것이 모두 허튼소리일 수 있기 때문이야."

"당신은 일을 제대로 시작하지 못하고 있군요, 후고. 법률 문제란 뭐지요? 법률 문제, 그건 엉터리 변호사를 위해서나 있는 거예요. 그리고 정식 일이면 우리 법률고문관 노악크에게 물어보자고 당신은 말해야 해요. 나는 그를 예리한 두뇌의 소유자라고 여긴다고 하면서요……"

"그래, 틸데……"

"예리한 두뇌요. 당신이 그렇게 말하면 어느 누구도 그 일로 당신을 나쁘게 여기지 않을 거예요. 그리고 당신은 이제 법률고문관을 확실하게 당신 편으로 만들게 될 거고요. 그럼 그가 말하겠지요. '이 양반들아, 자네들은 마침내 제대로 된 시장을 만났어. 영리하고 분별력 있는 남자를 만났다고. 일반적으로 그들은 모든 것을 직접 알려고 하지. 그것은 서투른 수작이야. 마치 약사가 환자를 치료하고 싶어하는 것과 같은 노릇이라고. 그렇게 하기 위해서는 훨씬 더 많은 것이 필요하지. 시장은 행정 관리야. 작은 통치자이지 재판관은 아니라네. 그는 통치하는 법을 알고 있다고 할 수 있어. 그는 재능 있는 행정관이야. 질서를 유지하고 독창적인 생각을 가지고 있다고.'"

"그래, 틸데……"

"그리고 독창적인 생각을 가지고 있어요."

"그래, 당신이 그렇게 말하고 있거나 아니면 당신 법률고문관이 그렇게 말할 거다 그거지. 하지만 누가 독창적인 생각을 가졌어? 독창적인 생각, 그게 그렇게 쉽지가 않다고."

"아주 쉬워요."

"아, 틸데. 그건 어리석은 말이야. 독창적인 생각은……"

"독창적인 생각은 그것을 갖고자 하는 사람은 누구나 갖고 있어요. 당신은 단지 너무 겁을 먹고 있어요. 당신은 당신 자신을 신뢰하지 않아요. 당신은 항상 다른 사람들이 엄청나게 총명하고 모든 것을 더 잘 이해한다고 생각해요. 사람이 시장이면 그런 생각은 버려야지요……"

"그래, 당신은 그렇게 말하지만 나는 무엇인가를 가지고 가야만 해……"

"물론이지요."

"나는 무엇인가를 가지고 가서 제안을 해야만 한다고. 그런데 내가 무엇을 제안하지?"

"전부요."

"아, 틸데. 그건 어리석은 말이야. 당신은 '전부'라고 말하고 있지만 나는 하나도 모르겠는 걸."

"당신이 눈을 뜨고 있지 않고 귀부터 우선 제대로 열고 있지 않기 때문이지요. 당신은 늘 꿈속을 헤매고 있는 것 같아요, 후고."

그가 미소 지었다.

"들어봐요. 이곳에는 시내와 커다란 이탄 채취장 사이에 길이 있어요. 가을에 비가 오면 전혀 지나다닐 수가 없다고 알키텐이 나에게 말했어요. 그리고 이탄을 그쪽으로 실어들이지 못하는 사람은 선 자리에서 바라만 보고 있겠지요……"

"나도 그 이야기를 들었어."

"그래요. 하지만 당신은 들으면서 아무 생각도 하지 않지요. 당신은 내일 시위원회에서 마차들이 진창에 빠지지 않도록 돌을 박은 길을 만들거나(이는 반 마일 정도일 뿐이에요) 아니면 벽돌 포장도로를, 아니면 적어도 통나무를 박은 길을 만들어야 한다는 제안을 반드시 해야 해요. 그리고 통행세 징수 건물을 세우도록 해요. 그 모든 것은 시의 소유예요. 주의원이 간섭해서는 안 돼요. 사람들은 한 푼을 내고 좋은 길을 얻었고 자신들의 힘과 돈으로 건설했다는 사실에 자부심도 가질 수 있을 거예요."

"알겠어. 좋은 제안이야."

"그런 다음 당신은 점령군 주둔지를 위해서 박차를 가해야 해요. 알키텐이 그러는데 이미 오래전에 그 일에 대한 말이 있었지만 전임자가 원치 않았대요. 아마 그가 자기 아내 때문에 겁을 낸 것 같다고 해요. 그녀가 약간 멋이 있어서였다고 하지요……"

"그래, 맞아."

"자, 이제 당신도 알겠지요. 마구간 건물을 가지고 인색하게 굴다니. 정말 어처구니 없는 일이예요. 알키텐은 시위원회가 원치 않았었다고 나에게 설명했어요. 그래요, 왜 싫어했을까요? 자극이 없었기 때문이지요. 지금, 나는 그 일을 다르게 보고 있어요. 아주 잘생긴 기병 대위가 이곳에 오게 된다고 전제를 해봐요. 당신은 이 틸데의 의도를 알았을 거예요."

후고는 자신이 전적으로 납득을 했다고 확언했다.

"물론 전체 연대의 주둔에 대해서는 말할 수 없어요. 그러기에 볼덴슈타인은 너무 작은 시골이니까요. 그리고 질버슈타인과 이젠탈이 그 사실을 벗어날 수 없고 레베카 질버슈타인 역시 못 벗어나지요. 이 여자가 예쁘긴 해요. 하지만 결혼 상대로는 적합하지 않아요. 그리고 그녀는 쓸데없는 일에 지나치게 엄격하거든요. 어쨌든 연대 전체는 아니라 해도 귀족 연대장들을 위한 집 한 채조차 이 곳에는 없어요. 기껏해야 우리 집 이층에 있는……"

"틸데……"

"하지만 2개 기병 중대, 그건 가능해요. 그리고 이제 그들이 어떤 효과를 불러일으킬지 계산해봐요. 나는 빵에 대해서는 말하지 않겠어요. 빵은 그들이 직접 굽겠지요. 하지만 말 300마리와 사람 300명을 계산해봐요. 그리고 그들은 틀림없이 카지노도 하나 있어야 할 거예요. 그리곤 젊은 여자들과 무도회와 연극이 있어야지요. 질버슈타인은 군대에 반대를 하지만 잘 될 거예요. 빵집과 정육점은 전체적으로 다른 국면을 맞게 되지요. 그럼 볼덴슈타인은 더 이상 촌구석이 아니에요. 도시가 될 거예요. 그리고 어쩌면 그들이 여기에 사단 하나를 모아서 기병 훈련을 할지도 몰라요. 그리고 만약 제독이 우리 집에 묵으면 당신은 보관장 훈장[70]을 타겠지요. 당신은 방법을 모르고 있어요……"

후고는 몸을 숙여 제비꽃을 꺾어서 틸데 허리띠에 꽂았다.

"자, 알았지요, 후고? 당신은 그 일을 시작해야 해요. 그들이 거기에서 항상 시시콜콜히 이야기하는 모든 자질구레한 것들에 눌리지 말아요. 그런 것은 누구나 할 수 있어요. 하지만 무엇이 전체를 위해 좋은지 항상 자세히 관찰을 하고 보도록 해요. 그리고 그것이 내가 독창적인 생각이라고 말하는 것이에요. 모든 사람이 다 세상을 더 높은 곳으로 옮겨놓을 수는 없어요. 하지만 일주일에 한 번 정도 볼덴슈타인이

---

70) 프로이센의 훈장으로 1861년에 제정되었다.

신문에 나고 '볼덴슈타인이라고 불리는 곳이 있다'는 것을 사람들이 들을 수 있을 정도로 볼덴슈타인을 발전시키는 일. 그래요, 후고, 그건 가능해요. 그리고 그 일은 당신 손 안에 놓여 있어요……"

"아니, 당신 손 안이지." 후고가 미소 지었다. "하지만 당신이 옳아. 노력해봅시다."

제 13 장

틸데가 시청에서 집으로 돌아온 후고와 나눈 대화들은 이와 같은 식으로 진행되었다. 가을 무렵이 되면서는 현등을 매일 저녁 내려서 수지(樹脂) 촛불도 들여놓았다. 그것은 시선을 그쪽으로 던지지 않고는 그냥 지나가는 사람이 하나도 없을 정도로 정말 아름답게 빛을 발했다. "베를린 사람들은 그런 데에 세련되었어요." 레베카 질버슈타인도 그와 같은 것을 사달라고 아버지를 졸랐다. 하지만 질버슈타인은 그에 반대했다. "레베카, 그가 나타나면(나는 누구라고는 말하지 않겠다) 너도 현등을 갖게 될 거야. 그리고 장밋빛은 아냐. 너는 루비색으로 갖게 될 거고 네가 잠이 들면 숭고한 광채를 받을 거다."

레베카는 그렇게 미루어지는 것에 불만이었다. 하지만 그녀가 시내에서 거의 유일하게 불만이 있는 사람이었다. 다른 사람들은 모두 자신들의 새 시장을 반겼다. 책을 많이 읽고 항상 아주 교양 있게 말을 하는 질버슈타인은 말했다. "그에게는 이니아티베[71]가 있어. 이니아티베는 누구에게나 있지. 하지만 이니타티베, 그것이 높은 사람을 낮은 사람과 구분해 주지."

항상 반대를 하는 이젠탈은 이 경우에도 역시 반대를 했다. 하지만 질버슈타인은 몹시 열을 내며 말했다. "아무 말도 하지 말게, 이젠탈. 그렇지 않으면 자네는 부당함을 행하고 생각 없는 말을 하는 거라네. 그가 나탄[72]같지 않은가? 세 개의 반지[73]를 가진 남자가 아닐까? 그가 정의롭지 않은가? 사도(使徒)처럼 보이지 않아? 그리고 대단히 교양 있는 여자인 그의 부인은 삼위일체에 대해서 말했다네. 로마에 있는 교황과 루터와 모세, 이들이 하나가 되어야만 한다고 했지. 그리고 그것이 프로이센이라는 거야. 또 그녀는 그 삼위

---

71) 원래는 이니셔티브Initiative를 의미함. 여기에서 질버슈타인은 교양 있게 말하기 위해 외래어를 구사하지만 정확하게 알고 있지 못해서 잘못 발음하고 있음. 창의성과 그저 발의를 하는 정도를 구분하기 위해 구사한 듯함.
72) 레싱Gotthold Ephraim Lessing(1729~1781)의 희곡 「현자 나탄」의 주인공.
73) 「현자 나탄」에서 기독교, 유대교, 회교도를 각각 의미하고 있는 반지들의 비유를 여기에서는 독일 내의 구교, 신교, 유대교에 대한 비유로 사용하고 있음.

일체[74] 때문에 축복을 받았다고 했네. 그녀가 그렇게 말했다고. 내 자네에게 말해두지. 모세는 모세야. 모세에게 우월권이 있다고."

모든 일이 잘 진행되었다. 단지 주의원만이 냉랭한 태도를 취했다. 그가 자신의 빛을 그늘지게 만드는 "이니아티베"에 대해서도, 그리고 후고의 나탄과 같은 정신과 그의 세 가지 종교에 대한 동등권에 대해서도 특별히 감동을 받지 않은 것이 아주 분명했다. 후고가 "제외되는" 모임들이 있었다. 특히 의원 부인에 의해서 그렇게 되었다. 그녀는 처음에는 아그람에서, 그 다음에는 빈에서 무용수 생활을 했었으며 기독교적 게르만 성향[75]의 확립을 삶의 과제로 삼고 있었다.

후고는 한 번 이상 씁쓸한 황당함을 겪었고 늦가을까지 계속되었던 정원 산책에서 틸데를 향해 한 번 이상 그에 대한 언급을 했다.

"당신은 그 점을 이해하지 못하고 있어요." 틸데는 그렇게 말하면서 나무에서 잿빛 버터배 한 개를 땄다. "봐요, 후고. 버터배는 아직 딱딱해요. 그리고 배가 맛이 들려면 당신은

---

74) 기독교의 삼위일체 개념을 구교, 신교, 유대교의 동등한 권리와 비유해서 반어적으로 사용하고 있음.
75) 19세기 말부터 확산되기 시작한 독일 보수 계층의 배타적 국수주의적 사회 풍조로, 이 풍조는 역사적으로 히틀러의 나치즘으로까지 발전을 하게 된다.

그것을 4주 동안 짚 위에 놓아두어야만 해요. 하지만 나는 4주가 지나기 전에 주의원이 당신에게 말랑해지도록 하겠어요. 그는 대단히 선량한 신사이고 사실은 천성적으로 친절해요. 그리고 만약 그런 남자가 마음을 돌리지 않는다면 제대로 되는 일이 없겠지요. 무용수와 결혼한 사람은 항상 부드러운 마음을 지니고 있다고요."

후고는 한숨을 내쉬었다. 왜냐하면 그는 적대감에 시달리고 있었고 그 끝을 보지 못하고 있기 때문이었다. 하지만 그는 틸데를 과소평가했다. 아직 4주가 다 지나지도 않았고 배도 아직 나오지 않은 11월 말이었다. 후고는 지방의회에서 집으로 돌아왔고 주의원이 보여준 호감에 대해서 이루 말을 다 할 수 없을 정도였다.

틸데는 아무 말도 하지 않았다. 그리고 후고는 그날 저녁 클럽에서 질버슈타인을 만났을 때야 비로소 어느 정도 정확하게 사실을 간파했다.

"읽어봤어요, 그로스만 씨?" 그가 눈을 찡긋하며 말했다. 후고가 부인하자 그는 볼덴슈타인에서 가장 많이 구독되고 있는 『쾨닉스베르거 하르퉁셰 차이퉁 신문』의 지지난 호를 주면서 말했다. "아주 잘 썼어요. 훌륭하다고 말하고 싶군요. 그래요, 그건 사실이에요. 그 사람은 훌륭한 신사지요, 주의원 말이오." 그는 그렇게 말하고 신문을 받아 든 후고를 혼자 두었다.

제 13 장

후고는 머리를 흔들면서 바 테이블 곁에 있는 의자로 가서 앉았다. 바 테이블 위에는 예닐곱 개의 포도주 잔이 오렌지 크림, 트리 모양의 케이크, 작은 코리안더 향 과자와 함께 놓여 있었다. 그 자신은 이미 조금 전에 큐라소 한 잔을 주문했었다. 그는 그것으로 입술을 축이면서 파랗게 줄이 쳐진 부분을 읽었다.

볼덴슈타인, 9월 14일. 우리 지역에서는 현실적으로 특별한 필요성이 없음에도 불구하고 벌써 선거에 대한 동요가 일고 있다. 우리가 지금까지 들을 수 있었던 바에 의하면 그의 정적은 상대 후보를 내세우는 것을 포기했다. 그래서 우리 주의원 폰 슈묵케른의 당선은 아마 보장된 것으로 봐도 좋을 것 같다. 폴란드-가톨릭당 및 진보당은 주의원 폰 슈묵케른의 탁월한 성품과 행정력을 인정하는 데 의견의 일치를 보고 있다. 그들은 정치적으로 자신들의 신념이 다르다 해도 그런 점을 무시하면서까지 주의원에 대해서 신뢰를 표현하는 것을 의무로 여기고 있다. 이는 인격의 승리라고 말할 수 있다. 이 승리는 주의원 집안이 폴란드 풍속에 대한 매력을 발산하고 있기 때문에 더욱더 빛을 발한다. 폴란드 풍속에서 대단히 중요한 세련된 예의범절은 그 집안에 자리잡고 있다. 진보측이 사교계 밖에 있다 해도 그러한 훌륭한 점들을 편안한 상황에서는 완전히 인정할 수 있는 것으로 여겨진다. 왜냐하면 그 집안을 지배하는 분위기가

단지 고상하기만 한 것이 아니라, 그 이상으로 대단히 인도주의적이기 때문이다. 폰 슈묵케른 부인은 유대교 역시 기부하고 있는 탁아소 단체를 건립했다. 이 단체의 활동은 크리스마스이브에 가난한 자들의 보금자리에 기쁨을 줄 것이다. 우리 지역은 모든 커다란 문제를 넘어서서 마침내 바이히젤과 편안하게 연결시켜주는 간선 철도를 무엇보다도 필요로 하고 있다. 이는 모든 당파가 의견 일치를 보고 있는 사업이다. 그리고 이 철도를 우리에게 보장하기 위해서는 다른 그 누구보다도 주의원인 폰 슈묵케른이 적임이다. 왜냐하면 그와 왕실과의 관계가 잘 알려져 있기 때문이다. 귀족은 만약 그가 시대를 이해하고 배타적 독점을 포기한다면 항상 가장 훌륭한 지역 대표이다.

후고는 신문을 손에서 내려놓고 코리안더 향 과자 한 개를 들었다. "그래서였군. 그는 내가 글을 쓴 사람이라고 생각하고 있어. 당연하지. 볼덴슈타인에서는 단 세 사람만을 예상할 수 있을 테니까. 즉 질버슈타인과 가톨릭 교사와 나인데. 질버슈타인과 가톨릭 교사는 내부적인 이유로 해서 아닐 가능성이 충분하지. 그래서 그게 나라는 건가……" 그는 일어나서 홀 안을 들여다보았다. 질버슈타인에게 물어보기 위해서였다. 하지만 그는 떠나고 없었다. 후고 역시 집으로 가기 위해 자리를 떴다. 집으로 가는 도중에 그는 갑자기 생각이 났다. 혹시……? 천만에, 그건 불가능해. 그러기에는 모든 것이 너무 노련하고 숙달되어 있어. 후고는 그 생각에 계속 골몰한 채 자기 방으로 들어섰다. 틸데가 마침 거기에서 빨간색 종이 망을 전구에 씌우고 있었다. 소파 탁자 위에 역시 신문이 하나 놓여 있었다.

"안녕, 틸데, 무슨 일 없어?"

"그런 것은 당신이 알아야지요. 당신이 밖에 있었으니까요."

"그렇지. 내가 클럽에 있었으니까. 겨우 15분이었지만. 주의원이 마치 아첨꾼 같더군. 그리곤 질버슈타인이 와서 나에게 『하르퉁셰 차이퉁』을 주었지. 거기에 볼덴슈타인 기사 하나가 실렸거든."

"아, 그거 잘 됐네요. 나는 그게 무산되지 않았을까 생각했는데요."

"아니 틸데, 그렇다면 결국 그랬었군. 그럼 당신이 그 기사를 보냈어?"

틸데가 웃었다. "그럼요. 주의원 건 말이에요. 그 일은 반드시 달라져야 했거든요. 계속 그래서는 안 되었지요."

"그럼 정말이군. 당신이 그 기사를 썼어?"

"아니요, 진짜로 쓴 건 아니에요."

"그럼 도대체 누가?"

"내가 지금 그에게 감사를 해야 하는 어떤 모르는 사람이요. 우리가 전에 이야기를 했을 때, 그때 나는 『포시셰 신문』

이 오면 매일 선거 동향을 들여다보고 있었어요. 그리고 아마 일주일 전쯤 되었을까, 나는 거기에 실린 미슬로비츠 발 짧은 기사에서 그 모든 것을 발견했어요. 그리고 그것을 보고 고쳤어요. 우선 뼈대가 갖추어져 있으면 인형 만드는 일은 아주 쉽거든요."

그는 온순하게 미소를 지어보였지만 약간 당황하고 있었다.

"틸데, 당신이 차라리 그런 일을 하지 않았더라면 좋았을 것 같은데."

"일을 조정해서 당신 입장을 더 편안하게 만들어준 나에게 당신이 고마워할 거라고 나는 생각했는데요."

"그래, 그렇지만 당신은 실패를 할 수도 있어. 또 일이 빗나갈 수도 있고."

"당연하지요. 모든 일은 빗나갈 수 있어요. 그리고 그것을 두려워하는 사람은 가만히 앉아서 아무 일도 하지 말아야 하지요. 빗나갈 수 있다니요. 나는 일이 그렇게 될 때까지 기다려봤으면 좋겠군요. 하지만 그때까지 만약 누군가가 나를 돌봐준다면 나는 기뻐할 것 같은데요. 정말 지긋지긋할 정도로 교양이 있는 질버슈타인은 항상 당신의 이니아티베에 대해서 말하고 있는 걸요."

"그렇지. 그리고 그 때문에 나는 때때로 아주 난처해. 적어도 당신이 함께 있을 때면 말이야. 하지만 내가 당신에게 부탁하는데, 그런 걸 너무 많이 하지는 마."

제 13 장

제 14 장

『하르퉁셰 차이퉁』에 실린 기사 이후로 볼덴슈타인과 그 근방에서 후고의 지위는 현저하게 나아졌다. 가톨릭 교사도 틸데의 제안으로 봉급특별수당을 신청해서 허가를 받은 후 수중에 들어왔다. 틸데는 자신이 성취한 것을 즐겼다. 그리고 유행에 따라 옷을 입는 것을 통해서도 역시 그 즐거움을 드러냈다. 그 부분에 있어서는 포젠과 브레슬라우로 자주 나가는 질버슈타인이 다방면으로 도와주어야만 했다. 앞서 맺은 관계가 또 다른 관계들을 맺도록 도와주었다. 그리고 그들이 주의원 집에 등장할 가능성도 높아졌다. 틸데가 아주 영리하고 세상 돌아가는 일을 항상 알고 있다는 의견이 점점 더 확고해졌다. 이젠탈 역시 "그녀는 귀가 밝다"고 인정했고 "그녀에게는 우리와 같은 점이 있다"고 호의적으로 말했다.

하지만 틸데는 전반적으로 그 모든 것에 절대로 이의를 제기하지 않았고 신중하게 객관적으로 머물렀다. 그리고 그녀가 약간 애교를 부리기 위해서 편안하게 태도를 취하고 후고에게 약간의 여자다운 교태를 부리고자 했다는 점에서만 조금 차이가 있었다. 그녀는 그렇게 하기 위해서 현등을 복도에서 침실로 들여놓을 정도로까지 발전했다. 그리고는 후고에게 말했다. "그 등은 이제 바깥 복도에서 할 일을 다 했어요. 장밋빛이 전혀 얼굴을 달라 보이게 하지 않아서 유감이에요. 루비 유리였어야 했는데. 그러면 정말 뺨이 붉게 보이거든요. 고약한 슈메딕케 같으니라고! 어머니가 뭐라고 하실지⋯⋯"

"그래." 후고가 말했다. "어머니는 당신에 대해서 기뻐하실 거야. 우리가 그녀를 파티에 초대할까 하는 생각도 나는 역시 했는데."

"아니요, 후고. 우리는 아직 그렇게까지 할 정도는 아니에요. 그리고 어머니는 이등칸을 타야만 해요. 또는 적어도 브롬베르크부터는요. 그렇다 해도 그건 역시 절대로 안 되겠어요. 우리는 어머니를 보살펴드려야 하지요. 물론 우리는 그래야만 해요. 어머니는 착하고 나이 든 여자이고 늘 혼자 계시니까요. 그리고 주변에는 겨우 룬췐뿐인 걸요. 그것이 절대로 낙은 아니지요⋯⋯"

"맞아." 후고가 인정했다. 그는 이름만 들어도 옛날의 끔찍함이 되살아났다.

제 14 장   159

"룬첸하고 룬첸보다 별로 낫지도 않은 여자 슈메딕케만이 주변에 있을 뿐이지요. 하지만 여기로 초대하는 일은 안 되겠어요. 대신 어머니를 위해서 상자를 하나 꾸려요. 햄과 계란과 버터를 넣어서요. 그리고 거기에 네 개나 여섯 개 들이 포장이 된 토르너 후추 케이크도 함께 동봉하고요. 또 어머니가 오래전부터 소원하던 검은 토시와 모피를 댄 비닐 장화도요. 어머니가 그것을 풀어보시면 우리가 어머니를 여기에서 클럽에 모시고 가는 것보다 더 기뻐하실 거예요. 그리고 어쨌든 클럽에 모시고 가는 건 안 되지요. 주의원이나 그 사모님이 거기 와 있을 수 있거든요. 보스턴 카드놀이 탁자와 주의원 부인과 함께 있는 어머니를 생각해 봐요. 나는 어머니가 보스턴 카드놀이를 전혀 못 하실 거라고 생각해요. 어머니는 아버지가 돌아가신 이후로는 항상 짝 떼기 놀이만 했는걸요. 안 돼요. 나는 어머니가 이곳에서 그들의 웃음거리가 될 거라는 사실이 유감스러워요. 그리고 또 후고, 우리 때문이기도 해요. 우리는 이제 책이나 신문에서 말하는 그런 '상류계급'이잖아요. 볼덴슈타인 주민이 겨우 3천 5백이라고 해도요. 시골에서의 귀족이란 시내에 있는 유명인사들이지요. 그리고 우리가 그런 사람들이고요. 그러니까 안 돼요. 나는 우리가 일 년이 지날 때까지 기다렸으면 해요. 그런 다음 당신이 휴가를 내요. 그럼 우리는 어머니를 방문하고 또 리빈스키가 어떻게 지내고 있는지도 볼 수 있을 거예요."

후고는 전부 동의했다. 그는 틸데를 기쁘게 해주고 싶었기 때문에 노인에 관한 일을 그냥 그렇게 말했을 뿐이었다. 그는 동시에 크리스마스 선물에 대해서도 생각을 했다. 그도 역시 루비 유리가 더 예쁘다고 생각했다.

크리스마스와 새해 사이에 놓여 있는 주일은 떠들썩하게 지나갔다. 지난 4주 동안 제국 의회에 참석했던 주의원이 돌아왔다. 그리고 축하 행사가 이어졌다. 크리스마스이브에는 우선 모든 종교의 가난한 어린이들을 위한 선물 진열대가 마련되었다. 그곳에서 틸데와 주의원 부인과 레베카 질버슈타인이 진행을 맡았다. 섣달 그믐에는 클럽에서 연극 공연이 있었다. 먼저 「무슈 헤르쿨레스」[76]가, 그리곤 「데모클레스의 검」[77]이 상연되었다. 후고는 함께 공연하고 싶었으나 어울리지 않는다고 해서 포기해야만 했다. 질버슈타인은 책 제본 마이스터인 클라이스터를 연기했고 그의 연기가 되링[78]을 연상시켰다는 말을 들었다. 후고는 저녁 내내 리빈스키를 생각하면서 자유로운 예술 속에 묻혀 지내는 것을 부러워했다. 하지만 이어서 벌어진 무도회는 우울한 생각을 하는 것을 허

---

76) 조르쥬 벨리Georg Belly(1836~1875)의 익살극.
77) 구스타프 하인리히 간스Gustav Heinrich Gans(1821~1890)의 한 공연물에 들어 있는 익살극.
78) 테오도르 되링Theodor Döring, 원래는 Häring(1803~1878), 1845년부터 베를린에서 활동한 성격 배우.

락하지 않았다. 그가 주의원 부인과 함께 폴로네즈를 개막했고 주의원이 틸데와 함께 뒤를 따랐다. 틸데는 제국 의회 소식을 매일 아침 읽고 있었고, 주의원이 공통 학제 문제에 대해서 했던 짤막한 연설에서 인상적인 문장을 인용했다.

"정치에 관심이 있으시군요, 부인."

"예, 의원님. 저는 저를 둘러싸고 있는 평범한 상황을 느끼면 느낄수록 새롭게 변화하고 싶은 동경이 더 많이 생기거든요. 이상이라고까지는 말하고 싶지 않지만 그래도 더 높이 있는 것을 줄 수 있는 것은 그런 변화뿐이니까요. 후작님[79]의 연설이 비로소 저를 지금의 제 모습으로 만들었다고 감히 말씀드리고 싶어요. 종종 철과 혈[80]에 대해서 이야기되고 있지요. 하지만 저 개인적으로는 그의 연설에 대해서 철분 온천과 철천욕 같다고 말하고 싶어요. 저는 항상 원기를 회복한 것 같이 느꼈거든요." 한 시에 무도회를 중단시킨 만찬에서 주의원과 시장은 마주보고 앉았다. 정각 두 시에 무도회가 다시 시작되었을 때 그들은 자리를 옮겨서 나란히 앉았다. 그리고 주의원이 말했다. "여보게 시장. 자네 멋진 부인을 두었어. 엄청나게 잘 알고 있더군. 소식들을 마치 기자처럼 알고 있어. 아니 더 잘 알아. 기자들이야 기계들이지. 단지

---

79) 비스마르크를 말함.
80) 비스마르크가 독일 통일을 위해서 행했던 공개적 무력 정책인 철혈 정책을 비유해서 사용한 표현.

귀와 손으로만 따라가니까. 하지만 자네 부인, 대단해. 거기에서 뭔가 고집, 혈통, 세련됨 같은 것을 알아챌 수 있거든. 말해보게. 결혼 전 성이 뭐지? 혹 이민을 왔거나 아니면 귀족 성을 떼어버린 집안일지도 모르니까." 후고는 이름을 말했다. 이미 강하게 사로잡혀 있던 시의원이 계속해서 말했다. "들어보게 시장. 그 이름엔 무엇인가가 들어 있어…… 아니면 혹시 어머니가……"

후고는 말했다. "제가 아는 한도 내에서는……"

"흠, 상관없어." 시의원이 매듭을 지었다. "이름 있는 집안이기만 하다면야 어떤 집안이든 상관이 없지…… 그리고 틀림없이 대단한 기억력을 지니고 있어."

후고는 마지막까지 주의원 부인과 또 라도바를 추었다. 그리곤 바깥에서 기다리고 있던 썰매까지 두 사람을 배웅했다. 그는 깊게 파인 조끼를 걸친 연회복 차림이었다. 그리고 밖에는 카르파티아 산맥으로부터 불어오는 남동풍이 불고 있었다. 한 시간 후 틸데와 함께 집에 도착했을 때, 그는 열이 있었고 기침을 했다.

"틸데, 나 몸이 좋지 않아. 설탕물을 한 컵 마셨으면 해."

"항상 같은 거군요. 설탕물이라니요. 누가 무도회에서 돌아 와서 설탕물을 마셔요? 커피 한 잔 만들어 줄게요." 그녀는 알콜 램프를 가져와서 주전자를 얹어놓고, 3온스짜리 커피 한 잔을 만들었다.

후고는 무섭게 열이 났다.

아마 밤 사이에 날씨가 변했다면 열은 그다지 중요하지 않았을 것이다. 하지만 바람은 동쪽을 향해서 훨씬 더 많이 불어왔다. 그리고 몸조리는 생각할 수도 없었다. 왜냐하면 온갖 종류의 방문을 해야 했고 오후 시간을 위해서 피크 썰매들[81]이 준비되어 있었기 때문이었다. 거기에서 빠지는 일은 불가능했다. 후고가 작별을 하면서 주의원 부인을 빙판 위에서 모시고 타는 영광을 청했기 때문이었다. 거기에는 작은 허영심이 곁들여져 있었다. 그는 아주 훌륭한 스케이트 주자였고 그 모습을 휴식 시간에 보여주고 싶었던 것이다. 틸데는 아침 식사 때 그에게 포트와인 한 잔을 권했다. 하지만 그의 상태는 이미 그가 귀리죽을 요구했을 정도였다. 후고는 식사 때 다른 아무것도 들지 못했다. 정각 세 시에 빙판에서의 만남을 위해 집을 나설 때 그는 아이슬랜드 이끼 환약 한 갑을 챙겨넣었다. 그는 완전히 달라 보였다. 틸데 역시 그 모습을 놓치지 않았다. 그리고 그녀는 자신이 지키면서 살고 있는 모든 단련의 원칙에도 불구하고 그에게 어느 정도 동정이 없지 않았다. 그래서 그녀는 그를 빙판으로부터 되돌려 보내고 아직 오지 않았던 주의원 부인이 도착하면 그녀에게 사과를

---

81) 썰매에 탄 후 막대기로 지쳐서 앞으로 나아가게 하는 썰매.

했을지도 몰랐다. 하지만 그녀가 전날 저녁 알게 된 폴란드 노백작이 그녀를 차지하고 그녀에게 두 마리 얼룩 조랑말이 앞에서 끄는 조개 모양의 작은 썰매에 자리를 권했다. 틸데는 그에 응해야만 했다. 왜냐하면 그가 그 지역 전체에서 가장 부유하고 명망 있는 남자였고 별난 기인인 데다 나이가 일흔이 넘었기 때문이었다.

틸데의 대담하고 전혀 움츠러들지 않는 태도는 이미 섣달 그믐날 무도회 때 그의 마음에 들었었다. 그리고 그는 썰매에 자리를 하겠느냐는 그의 청에 그녀가 즉각 응하자 황홀해했다. 그가 직접 썰매를 몰았고 자신의 두꺼운 늑대 털가죽을 작은 썰매 의자 둘레에 둘러 놓고 틸데에게 오른쪽에서 그 가죽을 잡고 있으라고 했다. 그래서 그녀는 마치 모피로 된 정자 안에 앉아 있는 것 같았다. 그리고 이제 썰매들이 얼음 위를 스치며 달렸다. 종소리들이 울렸다. 하얀 지붕들이 바람에 부풀었고 노인이 마부 좌석에 앉아 잡담을 했다. "나는 기뻐요, 부인…… 원, 이런, 그래도 보이지요…… 대도시가…… 다른 사람들은…… 아, 베를린…… 프로이센적이지 않아요. 나는, 그다지 아니지요…… 하지만 베를린…… 오, 베를린, 신기한 도시, 멋진 도시지요."

틸데는 웃으면서 자신은 그런 점을 거의 발견하지 못했다고 확언했다. 자신이 알고 있는 베를린은 아주 약간 멋지다, 거의 멋지지 않다고 할 정도다, 사실은 전혀 아무 일도 일어나지 않고 있다……, 라고 했다.

"그래요, 부인. 그런 것은 사람이 서서 바라보는 위치에 따라 다르지요. 나는 항상 아주 전면에 서 있었어요. 항상 아주 앞서 있었지요."

"알아요, 백작님. 백작님의 사회적 지위는……"

"오, 사회적인 것이 아니에요. 커다란 문 앞에 있는 곳입니다. 오, 그곳의 수많은 불빛들, 수많은 그늘들. 거기에서 우리는 가면무도회를 열었었지요. 크롤, 크롤을 알아요?"

"그럼요, 백작님. 베를린 여자라면 누구든지 크롤을 알지요."

"거기에서 우리는 가면무도회를 열었었지요. 나는 박쥐였고요. 그리고 그때는 오르페움[82]이 있었는데……"

"저도 그에 대해서 들었어요……"

"하지만 나는 보았어요. 신기한 도시, 멋진 도시지요. 하지만 찡그린 얼굴이 없는 도시지요……"

"그래요, 그건 사실이에요."

"아주 자유로운 성향이 있는 도시지요……"

"저는 사방이 그렇다고는 생각하지 않아요."

"그래요, 사방이 그렇지는 않아요. 그건 또다시 사람이 어디에 서 있느냐에 달려 있어요, 부인. 내가 있었던 곳에서는

---

82) Orpheum, 옛날 베를린의 인기 있던 무도회장.

아주 자유로운 성향이 있었어요. 그리고 가장된 부끄러움이 없는······"

"그래도 어쩌면 진짜 부끄러움이지 않았을까요?"

"부끄러움은 항상 가장된 것이지요. 항상 찡그린 얼굴이지요. 나는 자유로운 성향을 사랑해요."

자유로운 분위기를 지녔던 베를린의 모든 카페들에 대한 나열이 막 시작될 참이었다. 그리고 강 얼음을 통과하면서 갑자기 가로질러 생긴 도랑이 방해가 되면서 어쩔 수 없이 우회를 하게 만들었다. 그렇지 않았다면 고쉰 백작의 말이 마지막에 가서는 어디까지 이르게 되었을지 모를 일이었다. 몇 분이 지났다. 그들은 백조 호수에 다시 도착했다. 비교적 작은 무리의 볼덴슈타인 명사들이 그곳에서 움직이고 있었다. 젊은이들은 벽돌을 올려 쌓은 화덕이 있는 헝겊 천막 옆에 있었다. 화덕 위에는 펀치와 와플 과자 판매대가 있었고, 화덕 밖으로 산화된 기름 연기가 사방으로 흩어졌다. 그 판매대 앞에 썰매들이 서 있었다. 판매대 한쪽 벽을 등받이로 이용한 벤치에 후고와 주의원 부인이 앉아 있었다. 의원 부인은 휴식을 취하려고 방금 피크 썰매에서 내렸다. 지금 거기에 백작의 작은 썰매가 멈춰 섰다. 그리고 백작이 틸데를 감옥[83]으로부터 풀어주기 위해서 털가죽을 뒤로 제쳤다.

---

83) 썰매를 의미함.

"자 부인, 있어서는 안 되는 일이었지요……"

"뭐가요, 백작님?"

"납치요. 지하의 신이나 아니면 플루토[84]처럼 하고 싶었는데……"

"왜 더 높이 올라가지는 않지요? 왜 주피터는 아닌가요?[85]"

"아, 알겠어요. 그건 변신한 모습[86] 때문이지요. 부인의 혀는 예리하군요."

백작은 둘러 서 있는 사람들 중 한 사람을 손짓으로 불러서 고삐를 건네주고 썰매를 옆쪽, 물가의 붉은색 버들강아지 덤불이 얼음 위로 늘어져 있는 장소로 몰고 가도록 했다. 그런 다음 그는 후고를 팔로 감싸고 펀치 한 잔을 마시기 위해 판매대 쪽으로 갔다. 화덕 옆으로 몇 걸음 떨어져서 다 낡은 소파 하나가 있는 곳이었다.

"대단히 즐거웠어요, 시장. 매혹적인 여자더군요, 영리한 여자이고. 전혀 두려워하지 않아요. 항상 모든 것을 보고 나서 생각을 하지요, 모든 것이 잠깐 머물렀다가 지나가버리는데요. 위험한 일은 생기지 않을 거요."

---

84) 로마 신화에 의하면 지하의 신인 플루토는 프로세르피나를 납치해서 아내로 삼았다.
85) 로마의 최고신이었던 주피터가 백조나 황소 등으로 모습을 바꿔가면서 수없이 일으켰던 연애 행각에 대한 풍자.
86) 자신의 늑대 털가죽을 주피터가 동물로 변한 모습에 비유해서 하는 말임.

후고는 반쯤 아첨 받는 기분으로 인정을 했다. 대도시 교육이 그렇다고 했다.

"그래요. 신기한 도시, 멋진 도시지요."

그 말은 틸데에게 자신 있다고 믿고 있는 후고조차 약간 불안하게 만드는 데가 있었다. 하지만 그는 그 생각에 오래 매달리지 못했다. 기침이 심해서 소파 팔걸이를 꽉 잡아야만 했기 때문이다. 기침이 가라앉았을 때 백작이 펀치 한 잔을 들고 왔다. "이것이 가라앉혀줄 거요."

후고는 난처했지만 자신의 상태를 악화시킨다며 펀치를 거절했다.

"악화시킬 리가 없어요. 펀치는 절대로 그렇지 않아요."

하지만 백작이 교활하고 약간 핏발이 선 눈으로 후고를 바라보았을 때 그에게도 펀치가 만병통치약일지가 의심스러워졌다. 그뿐 아니라 그는 걸어가서 벤치에 앉아 주의원 부인과 여전히 이야기를 하고 있던 틸데까지 불렀다.

"부인, 부군 말인데요. 그를 털가죽으로 감쌉시다. 그리고 하인이 그를 집으로 태워다줄 거요."

"그게 좋겠어요. 저희는 갈게요, 백작님." 틸데가 말했다. 그리고 몽롱해져서 이리저리 비틀거리는 후고를 데리고 그녀는 시내 쪽을 향해 걸어갔다.

그들이 떠나자 백작이 주의원 부인 옆에 앉으면서 말했다.

"볼덴슈타인은 틀림없이 새로운 시장을 물색해야 할 겁

니다."
 의원 부인이 웃었다. "교외에 사시는 백작님께서 투시력이 있으신가 봐요."
 "투시력은 없지만 잘 보기는 하지요."

제 15 장

 의사는 멀리 나가 있었다. 그는 아침 경에야 비로소 왔다. 그리고 환자를 위해서 틸데가 취했던 조치에 대해서 아무것도 두드러지게 반대하지 않았다. 그 조치는 식초를 탄 차와 빵 껍질로 어머니에게서 물려받은 방법이었다. "그건 전혀 해롭지 않았어요. 그런 것들이 항상 이미 많은 도움이 되는 거지요." 의사가 말했다. 그런 다음 그는 알테아를 달인 즙을 처방해주었다. 그리고 틸데가 "병이 중한지"를 묻자 미소를 지으면서 말했다. "어느 정도는요. 폐렴입니다. 무엇보다도 안정이 중요해요."

 틸데는 훌륭한 간병인이었고 정확성을 기해서 후고에게 약을 주었다. 마치 생명이 일 분 일 초에 달려 있는 것 같았다. 그녀는 그 사실을 믿지 않았다. 하지만 그녀는 아무것도 소홀히 하고 싶지 않았다. 오전 시간 동안에는 침실을 환자 방으로 이용했다. 마당 쪽으로 난 창문에 커튼을 쳤고 앞쪽 방으로 난 문은 열어두고 단지 반만 문 가리개로 막아주었다. 틸데는 환자가 무엇을 요구하지는 않는지 자주 들여다보았고 그런 다음 다시 앞쪽 창가로 갔다. 그 창가에는 여전히 전 시장 부인으로부터 물려받은, 유행에 뒤진 화분 받침대와 창문에 부착된 거울 하나가 있었다. 이 거울은 사실 쓸모가 없었다. 왜냐하면 비치는 것이 하나도 없어서 보이는 것 역시 거의 없었기 때문이었다. 장이 서는 광장 가운데에 경사진 나무 층계가 있는 시청이 서 있었다. 층계는 2층까지 올라가서 좁다란 아치형 현관 안에서 계속 이어지고 있었다. 하지만 모든 것이 나무로 되어 있었다. 시청 바로 옆에 낡은 판매대가 몇 개 서 있었다. 문이 닫혔고 눈이 덮여 있었다. 광장의 다른 쪽에는 뢰벤 약국이 있었다. 약국 조수가 하품을 하고 있었다. 시장님을 위한 조제를 하고 나서 아직 할 일이 없었기 때문이었다. 그 옆은 빵가게였다. 진열장 안에 철판에 구운 케이크 한 판이 비스듬히 놓여 있었고 아이들 몇 명이 감탄을 하며 그 앞에 서 있었다. 틸데가 커다랗게 설탕이 묻은 자리를 알아볼 정도로 햇살이 눈부시게 쏟아지고 있었다. 틸데는 그 모든 것들 사이로 이리저리 눈길을 주었다. 그러다 그녀의 눈길이 다른 방향을 향했다. 우체부가 헤르조크-카지미르 거리를 올라오는 것이 보였기 때문이었다. 하지만 이번에는 거울의 도움으로 보았다. 우체부는 올라온 다음 역시 금방 집 안으로 들어섰다. 틸데는 그에게 다가가서 서너 통의 편지를 받았다. 하나는 브레슬라우에서 왔다. 그렇다면 아마 계산서이거나 명세서였다. 다른 편지는 리빈스키의 청첩장이었다. (하지만 다른 여자와 하는 결혼이었다.) 그리고 세번째 편지는 어머니 뫼링 부인으로부터였다. "그로스만 시장 부인 앞. 결혼 전 성 뫼링. 서프로이센의 볼덴슈타인." 철자들이 마치 세탁 전표에 쓰인 것처럼 서투르게 아무렇게나 써 있었다. 틸데는 말했다. "내참, 어머니가 항상 결혼 전 성 뫼링을 쓰고 싶어하지 않으셨으면 좋겠어. 뫼링은 너무 보잘것없는데." 그런 다음 그녀는 가리개까지 걸어가서 안을 향해 귀를 기울였다. 그리고 침실 안에서 아무런 동요가 없자 다시 창가로 가서 거기에 서 있던, 금색 막대기 세 개가 부착되어 있는 검은색 작은 의자에 앉았다. 그리고 편지를 읽었다.

사랑하는 나의 틸데에게. 선물 상자는 크리스마스이브에 맞춰서 도착했단다. 하지만 이른 시간이었지. 마침 룬첸이 있었기에 나는 '자 룬첸, 우리 바로 열어보세'라고 말했단다. 그녀가 얼마나 익숙하게, 그리고 못 하나하나를 전부 어떻게 뽑는지 네가 봤어야만 했는데. 못뽑이도 없이 전부 부엌칼로만 뽑았단다. 그리고 우리가 물건을 전부 꺼낸 후, 나는 그녀에게 포

제 15 장

장된 물건 하나를 주었지. 지난해 크리스마스 때에 페터만 부인이 그녀에게 커다란 슈타인 플라스터를 주었다는 것이 나도 모르게 생각났기 때문이다. 그런데도 그녀는 그리 흡족해하지 않더구나. 결국 나는 '자 룬첸, 그렇다면 돼지 허벅다리뼈, 이것도 받게'라고 했지. 그때서야 그녀는 고마워했단다. 나는 이미 그런 면을 울리케를 보고 알고 있었단다. 그들은 늘 고기를 밝히지. 물론 누가 그럴 돈이 있겠니. 그리고 내가 모든 것에 대해서 아주 기뻤음을 너에게 이야기해두마. 애정을 볼 수 있었기 때문이란다. 또 네가 그렇게 할 만한 능력이 되고 너희들에게 틀림없이 돈이 있다는 사실을 알 수 있기 때문이지. 틸데야, 그 점이 중요하다는 걸 너는 알고 있을 거다. 왜냐하면 저 금통장에 있던 돈은 다 지나간 일이기 때문이야. 그 모든 일에 아주 많은 돈이 들어갔었기 때문이지. 일이 아슬아슬했었다는 것을 생각만 해도. 그럼 어떻게 되었을까. 빈민구제소로는 가고 싶지 않구나. 틸데야, 말해보렴. 정말 어떻게 지내고 있니? 아, 그것만이 오로지 걱정과 근심이란다. 그리고 걱정과 근심이 나중에 어떤 식으로 발전을 하게 될 지 사람은 모르는 법이지. 좋은 것이 좋은 것이란다. 너는 아직 미망인 연금 조합에 대해서 나에게 편지를 쓰지 않고 있구나. 슈메딕케가 최근에 말했단다. '원하든 원하지 않았든 그들은 틀림없이 가입했을 거예요'라고. 하지만 나는 네가 아주 안전하다는 소리를 들으면 좋겠다. 나는 항상 안전한 것을 대단히 좋아한다. 왜냐하면 준비란 아무리 해도 완벽할 수 없기 때문이지. 그리고 사람은 별안간 죽을 수 있거든. 후고는 때때로 그런 기미를 보였었고 그 점이 내 마음에 들지 않았지. 룬첸도 '내 말을 믿으세요, 뫼링 부인. 병이 그의 가슴에 들어앉아 있어요', 라고 말했단다. 그래, 네 남편에게 안부 전하고 내가 그에게 행복한 새해를 기원한다고 말해주렴. 그는 그런 새해를 즐길 만하다. 그리고 보상이 되겠지. 많이 나가긴 했지만 손해는 없으니까. 그리고 나는 그 모든 것을 기꺼이 주었단다. 슈메딕케가 최근에 말했다. '이자만 많이 받는다면 원금은 중요하지 않다'라고.

너를 사랑하는 어머니 아델레 뫼링, 결혼 전 성 프린츠

"맙소사, 이젠 또 '프린츠'까지." 틸데가 말했다. "도대체 어머니가 정말 무슨 생각을 하시는 건지. 그리고 여기에 쓰신 것하곤! 마치 어머니 자신이 희생해서 저금통장으로 내 행복을 준비하시기라도 한 것 같네. 내 통장이었는데도. 그래, 어머니는 늘 그러셨어. 어머니 식으로 좋게 말씀하시는 거지. 우선은 자신을 위해서, 그런 다음에는 나를 위해서지. 그렇다면 어머니가 항상 나에게 마음대로 하게 맡기셨던 것은 좋았어. 징징거리는 노인이지만 나는 그래도 어머니와 함께 살 수 있었으니까. 그리고 어쩌면 다시 어머니와 함께 살아야 할지도 몰라. '사람은 별안간 죽을 수 있다'라니. 꼭 그

렇게 쓰셔야 하나⋯⋯ 후고가 마음에 들지 않아. '어느 정도'라고 했던 의사 말도 마음에 들지 않아. 그는 정말 착하고 나에게 지위도 주었어. 만약 그가 없었다면 내가 하려고 했어도 되지 않았을 거야. 그래서 그를 잃고 싶지 않아. 그런데 이상해. 모든 일이 다 양면성을 지니고 있으니. 그리고 내가 이렇게 광장과 판매대 세 개를 바라보고 있는 지금, 약국 조수가 거울을 들여다보고 자신을 예쁘다고 여기고 있네. 내가 전철 쪽을 건너다보았을 때와 우유배달부가 거리를 찌르릉거리며 지나갔을 때, 그 광경이 더 예뻤었는지를 나는 지금은 모르겠어⋯⋯ 그래, 어머니가 역시 쓰셨지. '준비란 아무리 해도 완벽할 수 없다'고. 어머니는 항상 그런 새로운 말들을 하셔. 하지만 맞는 말이야. 나는 신이 어떻게 인도할지를 기다릴 수밖에."

후고는 회복되었다. 2월 말에 그는 정원에서 따뜻한 2월 볕이 그 위로 쏟아지고 있는 포도 덩굴 시렁 앞쪽에 앉아 있었다. 틸데는 그 곁에 앉아서 신문을 읽어주었다. 비스마르크가 흔들리고 있는 시기였기 때문이었다.[87] 후고는 모든 단어를 귀담아 듣고 커다란 관심을 보였으나 편을 들지는 않았다. "아마 두 사람[88]이 다 옳을 거야." 틸데가 웃었다. "그래

---

87) 1890년 2~3월에 비스마르크와 빌헬름 2세와의 갈등이 첨예화되었고, 비스마르크는 3월 18일에 해직되었다.

요, 후고. 그 말은 전적으로 당신답군요. 두 사람이 다 옳다니요. 나는 어느 한 사람 편이에요." 울타리 너머로 벌써 자기들 정원에서 일을 하고 있던 이웃들이 인사를 했다. 그리고 그의 상태에 대해서도 물었다. 후고가 시에 아주 잠깐 있었지만 인기가 아주 좋았기 때문이었다. 누구나 그의 쾌유를 기뻐했다. 주의원 부인은 개인적으로 찾아와서 "사실은 내게 잘못이 있다. 그는 동풍이 불 때 얼음판에 불려나왔다"라며 자신을 비난했다. 노백작도 자기 온실에서 딴 커다란 멜론을 기발한 정중함과 조언이 가득 담긴 카드와 함께 보내왔다. 베를린을 향해서는 여러 주일 내내 병세에 대해선 한마디도 전달되지 않았다. 틸데가 노인의 한탄을 피하고 싶었기 때문이었다. 그리고 완쾌되고 있는 지금 역시 그녀는 이미 지나간, 힘들었던 시름에 대해서는 전혀 쓰지 않았다. 어쩌면 그녀가 쾌유를 의심하고 있기 때문에 그렇게 했을지도 몰랐다. 그런 의심에 대한 근거들이 곧 나타나게 될 것처럼, 너무나 많기만 했다.

후고가 다시 해가 난 자리에 앉아 있던 어느 날, 갑자기 날씨가 변했고 오한이 찾아들었다. 의사가 진단을 내릴 수 있기도 전에 이미 재발되었음이 확실했다. 그는 급속도로 악화되면서 급성 결핵에 걸렸다. 그는 틸데를 침대 곁으로 불러

---

88) 비스마르크와 빌헬름 2세.

서 그녀의 유능함과 애정과 간호에 대해서 감사를 했다. 그런 다음 부활절 두번째 휴일 날 세상을 떠났다. 그가 틸데에게 한 말들은 진심으로 한 말이었다. 처음에 가졌던 의심들이 완전히 사라졌기 때문이었다. 그는 틸데에게서 자신의 인생을 결정해주었던 그녀의 근면하고 강한 성향만을 보았고 그녀의 능력과 용의주도함이 자신으로부터 만들어냈던 자기 생전의 약간의 성과만을 보았다.

부활절 세번째 휴일 날, 후고는 지는 해를 받으며 볼덴슈타인 교회 묘지에 묻혔다. 모든 것이 갖추어져 있었다. 백작은 모든 책임을 의사에게 돌리면서 자신은 새해에 벌써 알고 있었다고 재삼 확언했다. 주의원은 마침 부활절 휴가라서 자기 지역에 있을 수 있었다. 근방에서 온 많은 귀족과 유대교를 포함한 전체 시민 단체가 왔다. 우연히 새 봄 코트를 맞췄던 약국 조수도 빠지고 싶어하지 않았다. 취주악 연주자들이 모두 나팔을 불었고 노백작은 상당히 큰소리로 대화를 했다. 볼덴슈타인에서 구할 수 있는 모든 꽃들이 관 위에 놓여졌다. 목사가 틸데를 집안으로 인도했다. 노백작이 "카지미르 공작"에서 떫은 헝가리 포도주를 한 병 비우고 있는 동안 틸데는 화분 받침대 위에 앉아서 점점 어두워지고 있는 광장을 바라보았다. 광장 위로 서풍이 갈색 겨울 나뭇잎 몇 잎을 날리고 있었다. 사슬에 매달려 있는 서너 개의 가로등에 불이 들어왔다. 시 청사 그늘 아래, 층계가 위로 올라가고 있는 자리에 연인 한 쌍이 서 있었다. 그들은 점점 심해지는 바람에도 아랑곳하지 않았다. 하지만 전등들은 사슬에 매달려서 이리저리 흔들거리며 날카로운 소리를 냈다. 틸데는 아마 그 모든 것을 한 반 시간 동안은 주시했을 것이다. 그리곤 램프에 불을 붙인 후 어머니에게 몇 줄 적어 보내기 위해서 책상으로 가서 앉았다.

사랑하는 어머니. 우리는 오늘 저녁 무렵 후고를 묻었어요. 아주 훌륭하고 장엄했어요. 모든 사람들이 왔었어요. 근방에 사는 귀족들도요. 램멜 목사가 연설을 했지요. 그 연설은 인쇄가 된 다음 우리에게로 보내질 거예요. (그때면 제가 베를린에 다시 있게 되기 때문이지요.) 어머니가 대단히 겁에 질려 계실지 모르기 때문에 제가 어머니에게 먼저 말씀드리고 싶은 것은 그것이 공짜라는 사실이에요. 인쇄도요. 하지만 저는 어머니에게 그런 근심으로 저를 괴롭히지 말아달라고 진정으로 간청드려야겠어요. 저는 여기에서 어머니를 보살폈어요. 그리고 계속해서 어머니를 보살필 거예요. 어머니는 항상 비참하게 망하는 걸 생각하시지만 어머니의 틸데가 살아 있는 한 어머니는 충분히 사실 수 있어요. 그 점에 있어서는 안심하셔도 돼요. 저는 연말까지 봉급을 받고 미망인 연금은 4월 1일부터 나와요. 이 사실이 어머니 가슴에서 돌 하나를 내려놓을 거예요. 그리고 어머니는 빈민구제소로 가시게 되지 않을 거고 늙은 룬첸처럼 청소를 하고 심부름을 하시는 일은 없을 거예요. 어머니가 그 사실을 먼저 아신다면(그래서 이 모든 사실을 미리 말씀드리는 거예요) 아마 제가 어머니에게 하는 말에도 귀를 기울이시겠지요. 후고는 훌륭하게 죽었어요. 그가 생전에 항상 훌륭한 사람이었던 것과 꼭 마찬가지로요. 그가 아주 좋은 집안 출신이었기 때문이지요. 그 점은 항상 중요하게 남을 거예요. 그는 또 저에게 제가 뭐 대단하기라도 한 것처럼 감사하다고도 했어요. 그런 점이 중요해요. 그 사람은 그렇게 고상한 데가 있었어요. 그리고 그는 어머니에게도 인사를 전했어요. 그는 자신이 단지 병약하기만 하다는 사실에 어쩔 수가 없었어요. 만약 스스로 결정할 수 있는 일이었다면 그는 더 강했겠지요. 이곳 사람들은 모두 그를 대단히 존경했어요. 모두 그가 아주 착하다는 것을 알았기 때문이지요. 제가 어머니에게 이미 쓴 적이 있는 질버슈타인도 그의 무덤가에서 말했어요. 램멜 목사도 만족해서 그에게 악수를 청했을 정도로요. 질버슈타인과 질버슈타인&이젠탈 회사가 역시 모든 것을 처리할 거예요. 그들은 아주 현실적인 사람들이지요. 진보적이지만 아주 현실적이에요. 가재도구로부터 나오는 돈을 우리는 한 푼도 남김없이 다 받게 될 거예요. 저는 여기에서 며칠 동안 할 일을 하고 편지들을 써야 해요. 역시 노백작에게도요. 그가 저에게 자기 집 집사 자리를 제안했거든요(물론 봉급과 함께요). 하지만 모든 일들이 3~4일이면 끝나게 될 거예요. 그럼 늦어도 토요일 아침에는 베를린에 도착할 거로 생각해요. 하지만 어머니가 아주 확실하게 제 시간에 룬췐을 오게 하실 수 있도록 하기 위해서 제가 그 전에 카드를 쓰겠어요. 어머니께 그가 남긴 기념품 하나도 역시 함께 가져갈 거예요. 작은 십자가인데 앞에 진주가 달렸어요. 진주는 어느 정도 값이 나가지요. 어머니를 다시 보게 되어서 기뻐요. 그럴수록 그 원인이 또한 고통스럽기도 해요. 연금이 봉급에는 미치지 못하기 때문이지요. 어머니에게 어쩔 수 없이 말씀드리는 거예요. 저에게는 상관이 없어요. 저는 먹고 살 거고, 그리고 어머니도 함께 먹여 살릴 거니까요.

                              어머니의 변함없는 딸 틸데

제 16 장

 토요일 아침 여덟 시 기차로 틸데는 프리드리히 거리 역에 도착했다. 그녀는 자신이 들고 있던 작은 손가방을 짐표와 함께 짐꾼에게 주고 그에게 건너편 슐체네 건물 층계 세 개 위에 있는 그녀의 집으로 전부 배달해줄 것을 지시했다. "예, 아가씨." 하지만 그는 재빨리 말을 바로잡았다. 그가 옛날 이웃을 통해서 그녀를 아주 잘 알고 있었기 때문이었다. 그리고 삼십 분 후에 도착을 약속했다. 그녀가 떠나자 그는 그녀 뒤를 잠깐 바라보았다. "돈 없이 저 모든 것이 될까. 지독하게 털갈이를 했군. 단정하면서도 약간 멋을 내고 또 오페라 글래스까지." 뒤에서 그와 같은 관찰이 이루어지고 있는 동안, 틸데는 도로를 건너가서 건물과 4층을 올려다보았다. 아무것도 변한 것이 없었다. 그래도 그녀에게는 모든 것이 아주 다르게 보였다. 그녀는 독특한 기분에 사로잡혀서 혼잣말을 했다. "지금과 같은 상태인 것을 기뻐하도록 해야지. 더 나쁠 수도 있었을 거야. 2년 전에는 어땠는데? 그 때는 내가 전부 직접 했어야만 했잖아." 그녀는 길 오른쪽으로 걸어가면서 혹시 창가에 있을지 모르는 노인을 볼까 해서 4층을 올려다보았다. 하지만 그녀는 아무것도 보지 못했다. 다른 층도 역시 마찬가지였다. 아직 사방에 가리개가 내려져 있었다. 그녀는 남의 눈에 전혀 띄지 않고 있다는 사실이 좋았다. 하지만 사실은 그렇지가 않았다. 그녀가 도로를 건너가는 동안 아침 식탁에서 일어나서 문구멍으로 내다보고 있던 고문관 부인이 말했다. "신문에서 새삼 무엇을 읽겠어요? 저런 광경은 매일 볼 수 없는 거예요. 그녀는 검은 장갑만 끼었어요. 마치 드레스덴과 작센 슈바이츠로 여행하는 것처럼 보이네요. 레인코트에 오페라 글래스까지. 알프스 지팡이만 빠졌군요." "아니, 당신은 항상 그렇게 얘기해야겠어, 루이제. 만약 그녀가 기다란 조기를 들고 도착했다 해도 역시 적절하지 않았을 거야."

틸데는 계단을 천천히 올라갔다. 점점 높이 올라갈수록 걸음이 더 느려졌다. 노인을 만나는 일이 두려웠기 때문이었다. 마지막 층계참에 룬첸이 서 있다가 그녀에게서 우산만 겨우 받아 들었다. 그녀가 다른 것은 아무것도 지니고 있지 않았기 때문이었다. "안녕, 룬첸, 어떻게 지내고 있어요?" "맙소사,

시장님 사모님, 어떻게 지내긴요?" 그리고 대화가 계속되기도 전에 그들은 위에 도착했다. 틸데는 어머니에게로 달려갔다. 그녀는 반쯤은 일요일처럼 차려입고 열려 있는 문 안에 서서 금방 울기 시작했다.

"어머니, 울지 좀 마세요. 누구나 당하는 일인걸요."

"그래, 단지 어떤 사람은 너무 이르고 어떤 사람은 너무 늦지. 내가 그렇게 되었더라면 좋았을 텐데."

그러면서 그들은 복도에서 응접실로 그리고 응접실에서 거실로 들어섰다. 소파 앞에 이미 커피와 빵과 버터가 놓여 있었다.

"자, 이리 와, 틸데야. 우리 따뜻하게 한 잔 마시도록 하자. 그리고 어땠는지 전부 얘기해보렴."

"예, 어머니. 금방 갈게요. 그런데 저는 손을 먼저 씻고 싶어요. 머리도 엉망이고요. 바람이 불었지만 저는 얼굴을 가리고 싶지 않았어요." 그렇게 말하면서 틸데는 다시 일어나서 모자와 오페라 글래스를 옆으로 치우고 외투를 응접실에 있는 옷걸이에 걸었다. 그런 다음 그녀는 되돌아와서 이야기했다. "자, 어머니. 이제 차를 마셔요. 날이 추웠어요. 그리고 외투도 그다지 도움이 되지 않았고요."

"나는 네가 베일을 위에 썼을 거라고 생각했었다. 대체로 그렇게들 하니까. 너는 상복을 전혀 입지 않았니? 나야 슬픔이 안에 있다는 것을 알지만, 사람들 때문에 말이다. 그래도 그들이 너를 아주 점잖게 대해주었구나."

"예, 어머니. 물론 저는 상복을 입었어요. 질버슈타인이 저에게 모든 것을 마련해주었지요. 그의 창고에 전부 있었거든요. 저는 전부 검정색으로 맞추어 입었고 베일하고 상모도 썼어요. 상례에 속하는 모든 것을 했어요. 하지만 여행을 위해서 단장을 할 때 저는 그것들을 전부 포장했어요. 물건이 도착하면 보실 수 있을 거예요."

"여행 중에는 입기 싫었나 보구나."

"예, 싫었어요. 그리고 여기에 그렇게 입고 도착하고 싶지도 않았고요. 그런 모습은 좀 위험해 보이거든요."

"하지만 너 그걸 그렇게 놔두려고? 얼룩이 생길 거야. 질버슈타인 역시 그걸 공짜로 얻지는 않았어."

"전 그걸 해질 때까지 입고 싶지는 않아요. 대부분의 사람들은 상복을 믿지 않아요. 그리고 저는 단지 상복 때문에 귀찮게 구는 사람들을 보았거든요. 많은 사람들이 상복을 또 너무 멋들어지게 만들기도 하고요. 하지만 그걸 해지도록 입고 싶지는 않다 해도 중요한 방문을 할 때 그것이 필요한 곳에서는 입을 거예요. 연금도 받으면서 미망인으로서 무엇인가 보여줘야 하니까요."

"내참 틸데야. 네가 지금 그에 대해서 말을 하는구나. 나는 그러고 싶지 않아서 어젯밤 내내 혼자서 말했는데. '그 말을 하지 말자, 틸데가 좋아하지 않는다. 틸데는 항상 훌륭

제 16 장 185

했어. 그래, 어쨌든 그 아이는 정말 그래'라고. 그런데 네가 지금 그 말을 직접 꺼낸다면. 애야, 어땠는지 말해보렴. 그건 정말 끔찍한 병이었을 테니까."

"예, 어머니. 그랬어요. 항상 가슴이 조이는 느낌과 호흡 곤란이 있었지요."

"아, 그래. 틸데야. 가슴이 조이는 느낌이라고. 하지만 나는 가슴이 조이는 느낌을 말하고 있는 게 아니란다. 병이 그렇게 오랫동안 지속되었던 걸 말하고 있는 거야."

"예, 꼭 3개월 동안이었지요······"

"작은 도시에서 의사가 모퉁이에 살고 있다 해도, 병이 오래 지속되는 것은 환자에게 부담이 된단다. 그리고 결국은 그런 부담이 결정적인 것이지. 그 다음엔 약이 좋아야 하고. 건강이 전에는 더 좋았었기에 항상 다시 튼튼해져야만 하는데. 하지만 그런 사실은 대부분 도움이 되지 않지. 모든 것이 그냥 다 사라져버렸구나."

틸데는 설탕 한 조각을 집어서 두 번을 나누었다. 그리고 자기 앞에 놓여 있는 그 네 등분 된 설탕 조각을 바라보았다. 이제 그 설탕 네 조각 안에 그녀의 삶이 다시 들어 있었다. 그리고 가련하고 착했던 남편에 대해서는 여전히 단 한마디도 하지 않는 어머니는 벌써 다시 얼마가 들었는지 계산하고 있었다. 그녀 자신도 아주 냉정하지만 그래도 그건 틸데에게 너무 심했다. 그녀는 노인의 손을 잡고 말했다. "어머니, 룬첸에게 커피를 내다 주세요. 그녀는 아직도 따뜻한 것을 전혀 들지 않았을 거예요. 룬첸은 정말 가난하잖아요. 저는 다른 방으로 건너가서 잠시 눕고 싶어요. 아마 잠이 들 지 몰라요. 저는 잠을 자지 못해서 피곤하거든요."

그녀는 잠을 자려고 생각한 것이 아니었다. 단지 혼자 있으면서 잠깐 다른 생각을 하고 싶었다. 그녀는 이리저리 왔다 갔다 했다. 거기에는 입식 책상이 있었고, 그 위에 여전히 법률 서적들이 먼지에 쌓여 널려 있었다. 그리고 소파에 딸린 탁자가 있었다. 그 위에 작은 책들이 높이 쌓여 있었고 그 옆에는 여백에 항상 메모를 금방 할 수 있도록 연필 몇 자루가 놓여 있었다. 또 거기에 그들이 기대서서 감상적인 야릇한 기분으로 자신들의 약혼을 축하했던 창문턱이 있었다. 그는 여전히 반쯤은 아팠고 당황했고 감상적이었으며 그녀는 냉정하고 계산적이었다. "나는 항상 내가 그보다 우월하다고 생각했었지. 그런데 그렇지가 않았어. 끊임없이 계산하는 것이 영리하다면 어머니가 제일 영리한 여자지. 사람은 후고가 속해 있던 다른 사람들로부터 더 많은 것을 배워. 나는 그들로부터 약간 배워보도록 하겠어. 하지만 그게 아마 나에게 많은 도움이 되지는 않을 거야. 나는 천성적으로 어머니와 아주 똑같으니까. 어머니는 항상 돈이 얼마나 드는지를 계산하시고, 그리고 나는 나에게 이익이 되는지를 계산하지. 네 등분한 설탕을 상자에 넣어서 여기 서류 책상 위에 놓아두겠어. 항상 거기에 있는 설탕을 바라보면서 아주 작은 것으로부터 이제 다시 시작하고 있다는 사실을 배우겠어. 그리고 어머니가 우는 소리를 하시면 초조해하지 말아야지. 나는 내가 그를 대단하게 만들었다고 생각했어. 그런데 지금 나는 내가 그에게 영향을 주었다기보다 그가 나에게 더 많은 영향을 주었다고 생각해. 나는 아마 항상 계산을 하게 될 거야. 그것은 골수에 박혀 있으니까. 하지만 너무 심하게는 하지 말아야지. 그리고 도움의 손길을 줘서 룬쳰을 보살피겠어. 룬쳰이 그가 유일하게 혐오한 인물이기도 했으니까. 그리고 그가 그걸 알면 나에게 고마워하겠지. 하지만 그는 그걸 알지 못할 거야."

그런 다음 그녀는 다시 이리저리 걷다가 창가로 다가갔다. 그 당시 달이 있던 그 자리에 잿빛 구름이 걸려 있었다.

하지만 틸데의 눈길이 거기에 닿았을 때 구름이 붉어지기 시작했다. 태양이 구름 가장자리를 황금빛으로 물들이고 있었다. "어쩌면 저것이 내 미래일 지 몰라."

그녀는 응접실에서 레인코트를 꺼내 덮고 벽과 천장에 어른거리는 그림자를 쫓다가 잠이 들었다.

제 17 장

 적응하는 재주, 언제나 주어진 상황에 자신을 적응시키는 재주는 어린 시절부터 틸데의 특별한 성향에 속했다. 만약 후고가 살아 있어서 관직에 계속 있다가 볼덴슈타인 근무 임기가 지난 후 (이는 가정할 수 없지만 그렇다고 불가능한 것도 아니다) 성실함이 증명되어서 지방 수도의 시장으로 선출이 된다면, 그의 아내는 장관이 방문을 하거나, 아니 황제의 사열식에서조차도 안주인 노릇을 충분히 노련하게, 그리고 결국은 전혀 스스럼없이 해냈을 것이다. 그녀는 잠시 동안의 성공 후 자신이 출발했던 위치로 되돌아간 것으로 보이는 현재의 상황에서도 역시 올바른 길을 찾아냈다. 그리고 절대로 오래 생각하는 일 없이 옛 생활을 다시 받아들였다. 어쨌든 그녀는 그 생활에 대해서 전혀 한탄스러워하지 않았다. 바뀐 상황에 따라서 행동을 해야만 한다. 단 쓸데없는 생각만은 하지 말자고 생각했다. 그녀에게는 자신이 처한 상황을 그 어떤 반대 상황으로 변화시키는 것이 중요한 것이 아니었다. 지금 자신이 처해 있는 상황으로부터 가장 훌륭한 것을 만들어내는 것만이 중요했다. 그녀는 그 사실을 충분히 숙고해서 자기 방식대로 사려깊게, 하지만 아주 단호하게 실천했다. 그녀는 가능한 한도 내에서 작은 선행과 세심한 배려에 지칠 줄을 몰랐다. 그녀는 단순한 골방으로 이루어진 침실을 예전처럼 함께 쓰는 범주까지만 노인이 하자는 대로 했다. 하지만 끊임없이 빈민구제소와 그 비슷한 일들을 넘어서서 확대되는 이야기를 함께 들어주거나, 아니면 거의 항상 자신의 은밀한 볼덴슈타인 생활과 관련되어 있는 질문에 대답하는 일은 더 이상 원치 않았다. 그리고 그에 적절하게 한계를 그어서 자신이 낮 동안은 혼자 있어야 한다고 설명을 했다. "방을 세 주는 일은 그만두어야겠어요." 그리고 그렇게 그녀는 "건너편 방"을 차지했다. 노인은 틸데가 많은 필기를 하고 책과 카드 속에 파묻혀 지내는 것을 보았다. 그리고 틸데가 식사를 하러 왔을 때 (룬췐이 식사를 준비해야 했다) 공부 때문에 뺨이 자주 상기되어 있으면 그녀가 무엇을 계획하고 있는지를 생각해볼 수 있었다.

노인은 틸데의 계획을 알 수 있었고 또 실제로 그 일에 반대도 하지 않았다. 노인은 정말로 그 일에 반대를 하지 않았고 또 남편이 죽기 전에 이미 사범학교 교장이 그 당시 틸데의 훌륭한 재능에 대해서 말한 것을 정말 잘 기억하고 있었다. 하지만 그렇다 해도 "여교사"는 정말 중요한 문제가 아니었다. 그랬다. 노인은 모든 다른 피난처[89]들이 약간 문제가 있는 상태라 해도, 여전히 그 편이 더 낫다는 사실에서 출발하고 있었다. 그녀는 낮에는 그런 생각을 제대로 드러낼 용기가 없었다. 하지만 그들이 잠자리에 들어서 한참 동안 아주 조용히 누워 있을 때면 노인은 베개에서 몸을 일으키며 말했다. "틸데야, 너 벌써 자니?" 앞으로 열어놓은 문을 통해서 거리로부터 희미한 불빛이 들어와 그녀를 비추었다.

"아니요, 어머니. 하지만 거의요. 뭘 또 원하세요?"

"아니야. 뭘 원해서가 아니란다. 나는 그저 네 공부 때문에 정말 겁이 나 죽겠구나. 너는 너무 비쩍 말라 보여. 그리고 비슷한 기미가 있어서. 그도 결핵이었잖니. 그리고 결국은······"

"그래서요?"

"어쨌든 그런 일이 생길지도 몰라서. 그리고 만약 그렇다면 신선한 공기가 항상 최고지······"

"물론이지요. 신선한 공기는 항상 좋지요. 하지만 제가 어디서 그런 공기를 쐴 수 있나요? 여기는 공기가 좋지 않아

---

89) 재혼을 의미함.

요. 그리고 어머니 류머티즘이 아니라면……"

"아니, 틸데야. 그래서 창문을 여는 일은, 그건 안 되지. 그렇다 해도 네가 신선한 공기를 쐴 수는 있지."

"제가요? 도대체 어디서요?"

"그래, 틸데야, 너는 나에게 보낸 첫번째 편지에 바로 썼었어. 후고가 죽었을 때 네가 쓴 첫번째 편지 말이다. 너는 거기에 봉급을 주는 '집사'라고 썼었지. 적지는 않았을 거야. 네가 썼던 대로 그 사람은 그렇게 대단한 부자이기 때문이지. 그리고 그는 또 늙기도 했어. 그래, 너는 그곳에서 신선한 좋은 공기를 쏘이면서 영양 섭취도 잘 했을 텐데. 나는 아무 말도 하고 싶지 않아. 하지만 우리가 오늘 먹은 것으로는 기운을 쓸 수가 없어. 그리고 그는 늙었잖니. 만약 네가 그를 제대로 돌보기만 한다면, 또 너는 분명히 그렇게 할 거야. 너는 누구에게나, 그리고 나에게도 역시 동정을 하니까. 네가 착해서 그렇지. 그래, 틸데야, 그러면 아마 우리가 무얼 좀 얻겠지. 그렇게 부자라는 사람이 나에게는 아무것도 없다 해도 너에게야 아무것도 남겨주지 않고 죽지는 않을 테니까. 그리고 어쩌면 그가 마지막에…… 그가 가톨릭이었니?"

"물론 가톨릭이에요."

"그래, 그럼 그건 안 되겠다."

"내참, 그 때문에 안 되지는 않아요. 가톨릭은 나쁘지 않아요. 하지만 어머니는 도대체 무슨 생각을 하시는 거예요?

저는 볼덴슈타인에 대해서는 말하고 싶지 않아요. 하지만 여기요? 여기에서 사람들이 뭐라고 말하겠어요. '그 여자 급하기도 하군'이라고 말할 거예요. 그리고 페터만 그 여자, 늙은 독설가 말예요. 그 여자는 '그거 좋은 이야깃거리가 될 거야'라고 말하겠지요."

"아, 틸데야, 사람이 그런 것 때문에 자기 행복을 쫓아버려서는 안 되지. 사람들은 항상 그런 말을 해. 하지만 사람이 가진 게 있으면 그런 것은 상관없단다. 사람이 가진 게 아무것도 없을 때만……"

"그래요, 어머니. 하지만 이제 그만 주무시도록 하세요."

노인의 소망은 틸데가 다시 결혼을 해야만 한다는 쪽으로 아주 단호하게 진행되었다. 후고는 아주 잘생긴 남자였고 좋은 집안 출신이었다. 틸데가 그저 가난한 처녀였던 그 당시 후고를 얻었다면, 지금 그녀는 누구하고도 결혼을 할 수 있었다. 그녀가 이젠 칭호를 가지고 있기 때문이었다. 그녀가 가끔 외출을 할 때면 그녀의 신분은 젊은 미망인이었다. 그리고 상복은 그녀에게 잘 어울렸다. 그녀가 갈라진 긴 베일을 쓰고 교육위원회에 갔을 때 사람들은 그녀를 관대하게 대해주었다. 틸데가 "상모요? 그건 너무 심해요. 제가 그렇게 끔찍하게 슬퍼해서는 안 되지요. 그건 역겨워요"라고 말하는 것이 노인은 서운하기만 했다.

그렇다, 틸데는 다시 결혼을 해야 했다. 하지만 노인은 틸데가 그것을 단호하게 거부하고 정말 오로지 여교사가 되려고만 하는 것을 눈치 채자 다른 계획에 착수했다. 노백작과, 추측컨대 경솔해서 부주의하게 놓쳐버린 행복에 대해서 이야기를 한 지 한참이 지난 후였다. 그 계획 역시 다시 밤중에 이루어졌다. 이번에는 산소가 부족한 골방에서가 아니라 건너편 방에서였다. 노인은 소파에 똑바로 앉아 있었고 틸데는 안락의자에 몸을 누이고 있었다.

"그래, 틸데야. 너 오늘 다시 거기 갔었지? 언제쯤 될 거라고 생각하니?"

"시험하고 자리 말이지요? 그리고 언제 제가 첫 월급을 받는지 말씀하시는 거고요."

"그래 얘야. 그 말이란다. 너는 항상 결혼에 대해서는 들으려고 하지 않으니까. 그래도 그게 안정적인 건데."

"아이 참, 다른 것도 역시 안전해요."

"그래, 나도 너에게 다른 것을 바라고 싶어. 하지만 학교에 관한 일이 그렇게 안전하다 해도, 사실은 결혼이 제일 중요해. 너 스스로도 항상 그렇게 얘기했고. 그래서 나는 네가 그 미망인 성을 버리고 처녀 때 이름을 다시 쓰고 싶은지 벌써 오래전부터 물어보고 싶었단다. 많은 사람들이 다른 이름으로 세례를 받는단다. 너는 다른 이름을 갖는 게 아니라, 옛날 성이 그냥 다시 맨 앞으로 오게 되는 것뿐이야."

틸데가 머리를 흔들었다. 약간 기분이 상했음이 분명했다. 하지만 노인은 재혼을 계획하는 한 "미망인"으로부터는 많은 기대를 하고 있지 않았다. 그녀는 달라진 사태에서 자신의 새로운 계획을 그만두고 싶지 않아서 말을 이었다.

"틸데야, 내 생각에는 말이다. 네가 차라리 이렇게 해야 할 것 같다. 마치 그 일이…… 그래, 결혼 생활이 아주 잠깐 동안 지속된 다음 다시 지나가버리면, 그 일이 무슨 의미가 있겠니……"

"저는 어머니가 무슨 말씀을 하시는지 이미 알고 있어요……"

"그럼 그렇게 하자, 틸데야. 마치 그 일[90]이 전혀 없었던 것처럼 말이다. 미망인으로서는 너에게 좋은 일이 생길 거라는 생각이 들지 않는구나. 그래도 처녀가 일반적이니까……"

틸데가 몸을 일으켜서 볼덴슈타인에서 가져왔던 공기 베개를 등에 대고 말했다. "그래요, 어머니, 어머니가 그 말씀을 하시면서 생각하시고 있는 건요, 그건 사기와 같아요. 은닉이고 기만이라고요."

"맙소사, 얘야, 제발 그런 말 하지 마라."

"그래요, 어머니, 그건 사실 왜곡이고 처벌감이에요."

---

90) 부부생활을 의미함.

"맙소사, 맙소사."

"어머니가 그렇게 끊임없이 들쑤시면서 모든 걸 알고 싶어 하실 때마다 제가 어머니에게 자주 말씀드렸잖아요. 그건 옳지도 않고 단지 어머니가 불쌍한 후고에게 반감을 가지고 있다는 사실에서 기인하는 거라고요. 그래요. 제가 아마 언젠가 어머니에게 그 일이 그렇게 특별하지 않았었다고 말씀드렸겠지요. 제가 그런 말을 하지 말았어야만 했어요. 사람이 그렇게 하는 모든 말은 단지 오해만 받으니까요. 그리고 바로 지금 어머니는 다른 사람들과 아주 똑같으세요. 하지만 어머니가 그 점에 있어서 생각하고 계신 것은 전부 틀려요. 어머니에게 할 수 없이 말씀드리지요. 저는 그가 차라리 결혼을 하지 않는 게 좋았을 거라고 거의 믿을 지경이라고요. 그는 턱수염을 길러서 좀 강하게 보이긴 했지만 호흡기관은 약하기만 했어요. 그리고 저는 부부생활이 그에게 해로웠다고 전적으로 확신하고 있어요. 그런데 이제 와서 그 일을 전혀 없었던 일로 하자고요? 에이, 제가 그에게 그런 말을 무덤 안에 대고 말하고 싶어한다면 그건 정말 치욕스럽고 뻔뻔스럽지요. 미스 뫼링이라니! 어머니는 그저 무슨 생각을 하고 계신 거예요? 저는 처녀가 아니에요. 그리고 제 안에 그의 혈육을 갖고 있지 않다 해도 아내로서 미망인으로서 저는 자부심을 가지고 있어요."

"맙소사, 틸데야. 제발 그런 말 좀 하지 마라."

"아니요, 어머니, 사람이면 이렇게 말을 하지요. 그 말이 바로 옳은 말이에요. 그리고 일이 지금처럼 그렇게 된 것은 단지 우연일 뿐이라고요."

"그렇게 생각하니?"

"물론이지요. 그리고 가끔은 어머니가 아이를 어를 수 있었더라면 좋았겠다, 특히 어머니를 위해서 좋았겠다, 라는 생각을 저는 해요. 물론 회계 고문관 내외가 우리 아래층에서 자고 있다가 아마 사람을 올려 보내서 우리에게 그렇게 이리저리 요람을 흔들지 말라고 말하겠지요. 그들은 사람이 3층에서 살면 사람 취급도 하지 않으니까요."

"그건 그래. 틸데야. 가난한 사람들은······"

"······모든 것을 단념해야지요."

"······그리고 아이도 얼러서는 안 되고. 정말, 인간이란 너무 고약해. 나는 이제 그런 것은 더 이상 경험하지도 못하겠구나."

그 일은 국가고시 직전에 있었다. 그 시험에 틸데는 훌륭하게 합격을 했다. 후고가 이전에 합격했던 것보다 훨씬 더 훌륭하게였다. 그리고 같은 날 그녀를 위한 자리가 하나 있다는 말도 그녀는 들었다. 그녀에게 그 자리를 줄 수 있어서 기쁘다고들 했다. 10월 1일에 그녀는 출근을 시작했다. 모아비트와 테겔 사이에 있는 베를린 N구역이었다. 그녀는 씩씩하게 일을 시작했다. 혈색은 이전보다 신선했고 볼덴슈타인에서 베를린에 다시 도착했던 날처럼 옷을 입었다. 단지 오페라 글래스만은 들지 않았다. 교육위원회 측에서 그녀에게 걸었던 신뢰를 그녀는 입증했다.

그녀는 매일 아침 마차를 타고 출근을 하고 있다. 그리고 그 길을 걸어서 되돌아오면서 어머니를 위해서 항상 무엇인가를 산다. 왕관 모양 케이크나 제라늄 화분, 아니면 말린 오얏 한 봉지와 같은 것들이었다. 또 오라니엔부르크 성문 곁에서 가끔 토끼 간도 산다. 토끼 간이 노인이 좋아하는 음식이라는 것을 그녀가 알고 있기 때문이다. 그러면 노인은 말한다. "맙소사, 틸데야, 만약 나에게 네가 없었더라면."

"그만 하세요, 어머니. 우리에겐 돈이 있는 걸요."

"그래, 틸데야. 그건 사실이지. 하지만 늘 그럴까."

"그럴 거예요."

후고 그로스만에 대해서는 드물게 이야기를 하고 있다. 하지만 검은 리본이 달린 그의 사진이 안락의자 위에 걸려 있다. 그리고 일 년에 두 번 그는 볼덴슈타인으로 보내지는 화환 하나를 받고 있다. 질버슈타인이 그 화환을 놓아주고 매번 친절한 말 몇 줄로 답장을 하고 있다. 레베카는 결혼을 했다.

옮긴이 해설

19세기 말 여성과 교양에 대한 사실주의적 전망

I

소설 『마틸데 뫼링 Mathilde Möhring』의 창작 시기는 1891년에서 1895~96년으로 추정되고 있다. 이 시기는 작가 테오도르 폰타네 Theodor Fontane(1819~1898)의 주옥 같은 소설 작품들이 완성되어 출판되었던 '폰타네 소설 예술의 전성기'와 맞물린다. 이 시기에 폰타네는 『마틸데 뫼링』이외에 여러 다른 작품들의 작업을 동시에 진행시키고 있었으며, 같은 시기에 쓰여진 다른 작품들은 완성이 되자마자 출판이 되었다. 반면에 『마틸데 뫼링』은 쓰기 시작한 후 바로 완성되지 않았을 뿐더러 오랜 생성 기간을 거쳐 완성이 된 후에도 폰타네 생전에는 출간이 이루어지지 않았다. 『마틸데 뫼링』

이 계속 진행되지 않았던 이유로는 작품의 크고 작은 여러 모티브들이 동시에 진행되었던 다른 작품들 안으로 유사하게 수용되어 작품이 독창성을 유지하지 못했기 때문일 수 있다는 추측이 있다. 하지만 나중에 독자적으로 완성된 작품으로서의 『마틸데 뫼링』은 제목과 동명의 여주인공 마틸데 뫼링의 희비극적인 성격 및 그녀의 소시민적 주변 환경에 대한 작가의 섬세한 묘사를 통해서 폰타네 예술에서 독보적인 위치를 점하고 있다.

『마틸데 뫼링』의 여주인공 마틸데 뫼링은 이전의 폰타네 작품에 등장하는 여성 인물들과 비교적 판이한 성격적 특징을 지니고 있다. 폰타네 소설의 여주인공들은 대부분 19세기 후반 독일 시민 계급의 가부장적인 가치관과, 그와 결부되었던 남성 우월적 이데올로기에 희생되어서 병사나 자살이라는 비극적인 운명을 피하지 못했었다. 동시대 상류 계급 안에서 부유하다가 비극적 운명을 맞이하는, 아름답고 연약한 매력을 발산하는 여주인공들은 독자의 동정심을 유발시켰고 자신들을 희생시킨 사회를 향해서 변화를 촉구하고 사람들은 감화시키는 호소력을 지니고 있었다. 반면에 마틸데 뫼링은 호소 대신에 자신을 업신여기는 사회에 맞서서 자신의 의지를 당당하게 계산적으로 관철시키고 있다. 그녀는 사회적

관습의 벽 앞에서 무기력하기만 한 가련한 여성의 비극적 결말을 통한 현실 고발 대신에 자신의 계급과 여성으로서의 운명을 스스로 개척해서 벗어나는 여성상을 제시하고 있다. 이와 같은 모습은 그 당시 아직은 남성지배적 이데올로기에 너무나 당연하게 세뇌되어 있던 일반 독자들의 여성에 대한 고정적 관념에 반하는, 남성적 여성의 모습이었다. 이는 동시대 독자들에게 친근하게 다가가서 그들을 감화시키는 작용을 할 수 있기 전에 먼저 거부감부터 야기할 수 있는 요소를 충분히 지니고 있었다. 작품을 발표한 후 독자층의 그와 같은 거부 반응은 그 당시 독자들로부터 들어오는 인세 수입에만 의존해서 생계를 유지하고 있던 폰타네에게는 쉽게 간과해버릴 수 있는 문제가 아니었다. 전업 작가로서 자신이 겨냥하고 있던 독자층의 취향에 대한 고려를 전혀 무시할 수 있는 상황이 아니었던 것이다. 폰타네가 『마틸데 뫼링』을 다 완성해놓고도 발표를 하지 않았던 가장 유력한 이유는 아마 거기에 있었을 것이다.

19세기 말 독일 문학에 지배적으로 등장하고 있는 새로운 여성상은 여전히 남성과 남성 중심적 기준에 의해서 정의되고 있었다. 고전주의의 이상주의 교육 이념과 더불어 이루어진 여성상은 '영원히 여성적인 것이 우리를 구원한다'라는 괴테의 말이 보여주고 있듯이 '우리'라는 남성의 인간적 완성에 기여하는 여성이 이상화된 모습이었다. 세기말 가치관의 혼란이 오면서 오랫동안 고전주의 양식으로 이상화되었던 여성상에 대한 그런 기대가 무너지기 시작했고 그 비현실성이 폭로되면서 남성들의 무의식 속에 들어 있던 여성상의 다른 측면들이 새롭게 표현되기 시작했다. 거기에서는 남성의 삶을 위험하게 구속하는, 유혹적인 마력을 지닌 여성상인 팜므 파탈femme fatale과, 부서질 듯이 연약하여 항상 남성의 보호 본능을 자극하는 인형 같은 여성상인 팜므 프라쥘femme fragile이 가장 대표적이었다. 물론 둘 다 역시 남성의 시각에서 양식화된 여성상들이었고 이런 여성상들은 고전주의 아류를 벗어나지 못한 세기말 각 분야의 수많은 예술 작품들 속에서 현실과는 동떨어진 비사실적인 예술적 양식화로 형상화되었다. 유럽 사실주의 문학의 주류에 서 있으면서 세기말에 본격적인 소설가로서 활동한 현대적 시대 소설 작가였던 폰타네는 고전주의 예술의 비시대성과 비현실성을 그 누구보다도 예리하게 간파하고 있었다. 폰타네는 시대적 주류를 배제하면서 여성을 남성의 삶을 완성시켜주는 부수적인 도구가 아닌, 자신의 삶을 자기 스스로 지키며 완성시켜나갈 수 있는 능력이 있는 인간적인 주체로 바라보았다.

그리고 그가 그러한 여성상을 전폭적으로 전면에 내세운 소설이 바로 『마틸데 뫼링』이었다.

폰타네가 사망한 후, 『마틸데 뫼링』이 세상에 처음 발표된 것은 1906년 그 당시 중산층 독자를 대상으로 했던 문학잡지 『가르텐라우베 Die Gartenlaube』의 지면을 통해서였다. 이 발표를 주선했던 요제프 에틀링어 Josef Ettlinger (1869~1912)는 1907년에 자신이 관여했던 『폰타네 유고집』에 다시 『마틸데 뫼링』을 실었다. 이 출판 과정에서 유고의 많은 문장과 어휘들이 폰타네의 의도를 충실하게 살려서 편집이 이루어지는 대신에 오히려 당시 독자의 취향에 맞는 방향으로 임의적인 수정 및 삭제와 정리가 이루어졌다. 이는 소설 『마틸데 뫼링』을 폰타네의 다른 작품들과 비교했을 때 『마틸데 뫼링』의 문학적 가치에 대한 의구심을 오랫동안 일게 만들었고, 그 결과 역시 작품 연구에 있어서도 그릇된 판단을 낳도록 만들었다. 여기에 역시 『마틸데 뫼링』이 오랫동안 폰타네 연구의 변두리로 밀려나 있을 수밖에 없었던 원인이 놓여 있기도 하다. 그후, 1969년에 이르러서야 비로소 고트하르트 에를러 Gotthard Erler에 의해서 원래의 유고에 충실하게 재현된 수정판이 출간되었다. 그리고 그 수정판을 토대로 마침내 『마틸데 뫼링』에 대해 새롭고 올바른 시각에서 제대로 된

조명이 이루어지기 시작했다.

II

폰타네는 19세기 독일 사실주의 문학을 대표하는 작가이며, 그의 소설들은 대부분 그의 동시대상을 배경으로 하고 있는 시대 소설들이다. 폰타네는 거의 예순이 다 되어서 본격적인 소설가의 길로 접어들었고, 소설가로서의 폰타네의 활동 시기는 제국 건설 시기에 속하고 있다. 동시에 그의 시대 소설 배경 역시 대부분 1870~71년 비스마르크 통일 이후의 독일 제국 건설 시기에 해당된다.

프로이센에 의한 통일 독일은 수도 베를린을 중심으로 세계적 강대국으로 급부상하면서 1870년대 건설 시기에 경제적인 급성장을 이룩하였다. 하지만 당시의 경제 성장 이면에는 산업 발달을 위한 노동과 자금의 건전한 투자보다는 오히려 불로소득을 노리면서 증권 시장으로 몰려드는 돈을 잡기 위해서 유령회사가 범람했을 정도로 투기와 사기에 의해서 조장된 경제 사회적 허상이 존재하고 있었다. 이와 같은 현상은 세 번의 통일 전쟁과 그 승리로 인해서 갑작스럽게 이루어졌던 프로이센의 부와 밀접한 관계에 놓여 있다. 전쟁을 통해서 얻어진 국가의 부는 사실 프로이센 국민의 정직한 노동에 의한 사회 경제적 성장과는 무관한 성과였기 때문이다. 그와 같이 전쟁을 통한 나라의 부강은 정직, 절약, 근면, 성실 등으로 이루어졌던 독일 통일 이전의 프로이센의 전통적 덕성을 서서히 무너뜨리기 시작했다. 동시에 전쟁의 승리로 꽃을 피우게 된 군사 문화의 전형적인 현상인 비민주적 약육강식의 사회 의식과 불로소득을 통한 일확천금에 대한 환상이 사회 저변으로까지 깊숙이 확산되었다. 이와 같은 의식을 토대로 이루어진 부정적인 경제 성장 속에서 프로이센은 국가 사업을 군사 정책과 교육 정책에 집중했다. 국가의 민주적 발전보다는 통일 독일을 목표로 한 비스마르크의 철혈정책이 세 번의 전쟁을 통해서 독일 통일을 안겨주었기에 프로이센에게는 당연히 강대국의 위상을 지속적으로 유지할 수 있는 군사력 보유가 계속해서 중요한 사안이었다. 그와 동시에 강대국으로서의 문화적 위상도 높이기 위한 국민 교육의 중요성이 함께 강조되었다. 프로이센은 1870년도에 이미 학교 의무 교육을 받은 어린이의 100%가 문맹에서 벗어나 있었다. 하지만 군대 이외에 국가의 힘으로 자부심을 갖고자 했던 국민 교육 정책은 균등한 교육 기회의 민주적 확산 효

과보다는 오히려 교육 특권층에 의해서 형성이 된 교양 귀족주의Bildungsaristokratismus라는 부정적인 현상을 아직은 더 많이 드러내고 있었다.

1870년대 건설 시기에 일반적으로 투기를 통해서 부를 축적한 독일의 신흥 유산 시민 계급은 철혈 재상 비스마르크를 통한 통일과 통일의 여파로 이루어진 경제 성장의 덕을 톡톡히 보긴 했으나 이는 시민 혁명을 통한 사회 민주화를 포기한 대가였다. 그 결과, 그들은 당당한 시민 계급적 자의식을 지니지 못한 채 사회 주역의 자리를 여전히 귀족들에게 내주는 딜레마에 빠져 있었다. 돈만으로는 자신들을 멸시하는 귀족들의 고상함을 지닐 수 없었던 그들은 시간이 지나면서 자신들이 지닌 돈의 위력에 교육을 통한 교양의 옷을 입히며 귀족적인 생활 방식을 모방하고자 했다. 이들 계급의 교육에 대한 과도한 열기는 1880~90년대에 이르러서는 돈 이외에 교육이 모든 것을 해결할 수 있다고 할 정도에 이르렀고 '국가고시'를 통해서 산출된 교육 특권층은 자신이 받은 교육을 발판으로 사회적 신분 상승 또한 꾀할 수 있었다. 소설 『마틸데 뫼링』이 쓰여졌던 1890년대는 하층 시민 계급 출신인 마틸데가 즐겨 하는 "사람은 교양이 있어야 한다"는 말처럼 도처에서 교양Bildung이라는 말과 교양 있는 태도가 유행처럼 강조되었다. 그와 더불어 교양의 진정한 의미에 대한 추구보다는 종종 단순한 표어로 사용되어지곤 하던 단어로서의 '교양'이라는 말이 당시의 부정적인 사회적 양상이 함께 반영되어서 반어적·비판적으로 사용되기도 했다.

그럼에도 불구하고 프로이센의 교육 개혁을 통한 시민화와 균등한 교육 기회의 확산은 사회의 민주화에 틀림없이 많은 공헌을 했다. 베를린의 게오르겐 거리에서 제국 건설 시기에 부동산 투기를 해서 커다란 재산을 모은 회계 고문관 슐체네 건물에 세 들어 사는 마틸데 뫼링은 아버지가 세상을 떠나는 바람에 여교사가 되는 꿈을 접었지만 프랑스어를 몇 마디 구사할 정도의 학교 교육은 받았다. 그녀는 이웃을 상대해서 점잖고 교양 있는 태도를 유지하면서 제때에 당당하게 집세를 내고 있기 때문에 슐체의 돈 앞에 주눅 들지 않는다. 반면에 학교 교육을 제대로 받지 못한 마틸데의 어머니는 돈 많은 집주인 슐체를 대학 교육을 받은 다른 사람들보다 더 세련되었다고 여기고 자신의 생활이 언제 어떻게 될지 몰라서 두려움에 떨며 늘 우는 소리를 한다. 학교 의무 교육의 혜택을 받은 마틸데에게는 돈 많은 이웃이나 그렇지 못한 이웃이나 "신문을 읽고 편지를 쓰고 자신의 세금을 낸다"면 누구나 똑같은 시민으로서 당당할 수 있다는 자의식이 있다. 마틸데는 어머니에게 자신들이 보잘것없는 사람으로 보이지 않도록 좀더 점잖고 교양 있는 태도를 지닐 것을 강요한다. 그리고 마틸데의 후고를 통한 신분 상승에 있어서 계산적이며 계획적인 전략은 무엇보다도 교양 있는 태도이다.

어머니와 함께 하숙을 치면서 빈곤하게 생활하고 있던 마틸데 뫼링은 작은 지방 도시의 시장 아들인 후고 그로스만이 하숙생으로 들어오자 그와의 결혼을 위해서 치밀한 계산을 하기에 이른다. 부지런하고 생활력이 강한, 실리적인 성격의 마틸데는 항상 깔끔하고 단정한 모습을 하고 있지만 여자로서의 매력은 그다지 없는 외모를 지녔다. 어머니는 딸의 결혼을 위해서 마틸데가 받은 교육과 훌륭했던 학교 성적에 기대를 걸곤 한다. 후고는 대학 공부를 마친 사법고시 준비생이지만 하숙을 하면서 시험 준비보다는 주로 문학 서적을 읽고 연극 구경을 가는 일로 소일한다. 자신에게 유리하게, 계산적으로 사람을 판단하는 능력이 탁월한 마틸데는 후고가 혼자의 힘으로는 결코 고시에 합격하지 못하리라는 것을 안다. 겉으로 보기에는 남자다운 후고가 홍역을 앓게 되자 마틸데는 후고의 병 앞에서 당황해 하는 어머니에게 "무엇을 원하는 사람은 역시 무엇인가를 내놓아야만 해요"라며 자신의 간호를 설명한다. 기회를 놓치지 않고 정성을 다해 간호를 한 마틸데에게 후고는 고마운 마음으로 청혼을 한다. 마틸데는 어머니와의 대화에서는 입에 담으면 그녀에 대한 소문이 좋지 않을 수 있다고 어머니가 걱정하는 교양 없는 말들을 즐겨 사용하면서 기분 좋아한다. 하지만 후고 앞에서는 일부러 그런 말들을 거부하는 태도를 보이며 후고가 수용할 수 있는 덕성을 갖춘 교양 있는 여성의 모습을 완벽하게 연출해서 후고의 감탄을 자아낸다.

마틸데의 그런 코믹한 모습에 넘어가는 후고의 고전주의적 문학 수업과 교양에는 현실 감각이 결여되어 있었다. 그가 매료되어 있는 괴테와 쉴러로 대표되는 고전주의 문학은 19세기 말 유산 시민 계급에 있어서 '쉴러를 말하면서 게르송 백화점을 의미하는von Schiller spricht und Gerson meint' 식의 이중적 도덕성 Doppelmoral을 뒷받침해주는 수단으로 전락해 있었다. 후고는 그 당시 민주 의식의 결여로, 자신들이 시민적 현실 감각으로 이룩한 성과에 토대를 둔 새로운 문화와 가치관을 정착시키는 데 실패한 유산 시민 계급 자제로서 귀족마저도 능수능란하게 다루는 마틸데와는 달리 귀족 계급에 대한 콤플렉스를 지니고 있다. 그는 귀족 친구에게는 동료 의식을 강조하면서 마틸데와 그녀의 어머니는 멸시한다. 마틸데와 약혼한 후에도 그녀의 어머니에게는 마음에서 우러나오는 따뜻한 인간미를 보여주지 못하고, 나아가서 마틸데가 고용한 룬췐의 추한 모습 때문에 그녀를 혐오하고 쳐다보는 것조차 거부한다. 그런 후고에게 있어서 그가 심취해 있는 고전주의 문학은 형식은 아름답지만 내용은 더 이상 현실적으로 영향을 주지 못하는, 표면적인 교양을 위한 이데올로기로만 기여하고 있다. 마틸데가 후고의 이중 도덕적 교양을 상대로 신분 상승을 하기 위해서는 그러한 모든 것을 감수하면서 자신의 교양이 그의 교양 수준과 어울릴 수 있다는 것을 증명해 보이는 동시에 그에게 결여되어 있는 생활을 위한 실질적인 성향도 보완을 해야 한다.

항상 '예쁜' 것만을 좋아하는 후고는 무미건조한 일상과는 반대되는 불확실하고 이상적인 것들에 대한 동경을 품고 있다. 그는 고전주의 시대의 이상주의 작가 쉴러 이외에도 칼데론의 『삶은 하나의 꿈』과 같은 책에 심취해서 지낸다. 겉보기에는 남자다워 보이는 그가 일반적으로 유아들이 겪는 홍역을 앓는 사실이 상징적으로 보여주고 있듯이, 후고는 높은 이상을 다룬 책들을 가까이 하면서도 삶이 힘들다고 여겨질 때면 공중 곡예사나 맹수 조련사 등과 같은 직업을 향해서 유치한 동경을 품곤 한다. 하지만 그것은 현실적으로 자신이 좋아하는 쾌적하고 '예쁜' 생활과는 거리가 먼, 그러한 직업들의 이면에 있는 불안정하고 불편한 생활을 감당할 수 있는 현실 감각은 전혀 들어 있지 않은 동경이다. 후고의 고전주의 문학 수업은 삶의 험난함 앞에서의 도피이며, 의식적이든 무의식적이든 환상적이며 미학적인 체험만을 구하고 있는 그의 나약한 허영심을 반영하고 있다. 그와 같은 탐미주의로 인해서 생기는 추한 것에 대한 그의 증오는 그가 마틸데의 어머니와 룬췐에게 보여주고 있는 것처럼 가난하고 교육을 받지 못했거나, 혹은 추하게 생긴 사람에 대한 멸시로 연결되고 있다. 이는 제국 건설 시기에 심각하게 만연되어 있던 오로지 강자만을 위한 권력 이데올로기Machtideologie에 대한 구속성을 보여주고 있으며, 동시에 봉건주의의 귀족적 생활상을 품위 있는 고상함의 모범으로 여겨서 외면적으로 화려한 장식적 생활을 추구했던 시민 계급의 아류 풍토와 무관하지 않다. 가난하고 추하게 생긴 룬췐에 대한 후고의 태도가 뫼링 부인에게는 그의 성격의 냉혹한 면으로 비쳐지지만 마틸데에게는 그녀와 후고의 공동 이해관계를 위한 원동력으로 여겨진다. "그가 예쁜 것을 좋아한다면, 진짜로 예쁜 거요, 그렇다면 그는 착한 것도 역시 좋아해요. [……] 그가 룬췐을 싫어한다는 사실은 제 희망의 닻이에요."(p. 109) 마틸데의 이 말은 마치 폰타네가 고상하고 대담하고 냉정한 인간이 '지배자의 도덕 Herrenmoral'에 의해 칭송되는 니체의 『선과 악의 저편에서 *Jenseits von Gut und Böse*』에 나오는 내용을 풍자하고 있는 것처럼 들린다. 19세기 말의 세대에 엄청난 영향을 끼쳤었고 후에 나치즘의 사상적 토대로 악용되었던 니체의 사상은 사실주의적 민주주의의 견해에서 바라볼 때 현실적으로 생산성이 있는 가치 척도를 창출해내지 못하는 말장난으로 남는 것과 마찬가지로 현실적인 생활 능력에는 도움이 되지 않는 후고의 탐미주의는 마틸데의 조종에 자신을 맡기기에 이른다. 마틸데의 눈에 태만하고 의욕이 없이 빈들거리는 것으로 보이는 후고의 결단력 부족은 그녀의 조종과 유도를 필요로 하고, 후고는 자신의 삶을 비독자적이며 책임감 없이 영위하게 된다. 실제 역사에서 살펴볼 때, 후고의 성격은 현실로부터 동떨어진 학식으로 인해서 무책임하고 무비판적인 의식을 지니게 된 지식인이 정치적으로 쉽게 독재에 동조를 하고 조종을 당했던 위험을 내포하고 있다.

후고는 마틸데의 도움으로 1차 사법고시에 합격을 한다. 그는 시험에 합격하고서도 다음 시험을 위해 마틸데가 자신을 데리고 다시 시작할 강행군이 두려워 합격한 기분도 제대로 즐기지 못할 정도이다. 하지만 마틸데는 1차 시험 합격이 후고에게서 이끌어낼 수 있는 최대한의 능력이었음을 정확하게 간파하고 그가 지방의 작은 도시 볼덴슈타인의 시장이 될 수 있도록 유도해준다. 후고는 취임 연설에서 시민적 신민 bürgerlicher Untertan의 맹목적인 애국심으로 왕에 대한 충성을 강조하다가 진보주의자들의 조소를 받자 헌법의 우선권에 대한 강조로 말을 맺는다. 그는 민주 시민적인 독립심이 없이 왕의 지배를 받는 신민 의식에 여전히 젖어 있으면서도 자신의 인기를 위해서는 민주적 진보 경향에 아첨을 한다. 그의 표면상의 진보적 태도는 귀족인 주의원과 '기독교적 게르만 풍토의 확립'을 삶의 과제로 삼고 있는 주의원 부인의 냉대를 받게 된다. 과거에 무용수였던 주의원 부인의 다른 종교와 다른 민족에 대한 배타적인 맹목적 국수주의는 그런 경향에 동조하면서 그를 장려했던 당시의 예술가들의 의식 상황을 반영하고 있다. 자신에게 어느 정도 잠재적으로 시인의 능력이 있다고 스스로 생각하고 있는 후고의 신민적 애국심 역시 그와 상통하고 있는 의식이다. 그럼에도 불구하고 후고는 볼덴슈타인에서 정치적·종교적으로 다른 여러 경향들을 만족시키는 인물로 현자 나탄과 비교가 될 정도로 부각된다. 이는 그가 휴머니즘적인 관대한 성향을 가져서가 아니라, 현실에 대한 독자적인 판단 기준이 없는 그의 무비

판성으로부터 기인하고 있는 것이다. 또한 그의 뒤에서 그를 조종하고 있는 마틸데의 영향 하에서 행동을 하고 있기 때문이다. "그가 나탄 같지 않은가? 세 개의 반지를 가진 남자가 아닐까? 그가 정의롭지 않은가? 사도(使徒)처럼 보이지 않아? 그리고 대단히 교양 있는 여자인 그의 부인은 삼위일체에 대해서 말했다네. 로마에 있는 교황과 루터와 모세, 이들이 하나가 되어야만 한다고 했지."(p. 153) 하지만 후고를 돕는 마틸데의 순발력에는 도덕적으로 일관성 있는 논리가 결여되어 있다. 그녀는 볼덴슈타인의 유대인 사업가들의 현실적이고 진보적인 경향을 높이 평가하면서도 군대에 반대하는 이들 진보파를 무시하고 동시대 군국주의 경향에 힘입어서 성공할 가능성이 높은 계획을 후고에게 제안한다. 즉, 볼덴슈타인을 작은 규모일지라도 군사 도시로 발전시키는 것이다. 후고를 앞에 세우고 뒤에서 마틸데가 조종을 하는 희극은 그녀가 다른 신문에서 오려서 짜 맞춘 기사로 주의원의 인기 상승을 야기해 후고에 대한 그의 반감을 무마할 때 최고조에 달한다. 후고는 그 사실에 대해서 직접적으로 마틸데의 잘못보다 일이 그릇되면 어쩌나 하는 두려움으로 당황한다. 결국 그의 더 높은 학식에 근거하고 있는 교양은 도덕적인 고려 없이 자신의 이익을 위해서 프로그램화되어 있는 코드를 충실히 마냥 따르기만 하는 마틸데의 교양과 차이가 없음이 폭로되고 있다.

마틸데의 교양은 그녀의 환경에서, 특히 사회적으로 자신보다 강한 위치에 있는 자 앞에서 자신을 독자적으로 지키는 기능으로서의 자기 존중과 자신감을 드러낼 때 중요한 의미를 획득한다. 후고는 마틸데의 출신 계급에 어울리지 않게 돋보이는 교양을 인정하지만 그녀에게서 여성적인 매력을 발견하지는 못했다. 그는 약혼 기간 중에 마틸데가 고시 준비생으로서의 자신의 상황을 복잡하게 만들 수 있는 유혹적인 면을 지니고 있지 않아서 안심하기도 했다. 하지만 나중에 마틸데는 볼덴슈타인에서 지성과 교양으로 주변 남성의 주목을 받는다. 고쉰 백작은 후고가 불안해할 정도로 베를린 출신인 마틸데의 대담한 세련미에 감탄하고, 귀족인 주의원도 마틸데의 교양을 칭송하며 그녀가 틀림없이 귀족 혈통일 거라고 장담을 한다. 여기에서 마틸데의 교양은 여성의 역할을 성적인 매력으로 국한시키는 수동적 태도, 남성의 활동에 수반되는 장식적인 태도와는 동떨어져 있다. 이와 같은 교양은 여성의 '인간적' 매력의 다른 측면에 대한 새로운 가능성을 열어주고 있는 동시에 사회 계급적 선입관의 경계조차 타파하는 계기를 제공하고 있다.

하지만 마틸데의 교양이 계산된 목표에 이르기 위해서 입력되어진 코드로만 수행될 때 그녀는 입력된 정보를 수행하는 계산기와 같은 모습을 지니게 된다. 정직성에 대한 고려와 인간적인 자연스러움이 타산적인 계획을 성공시키려는 강한 의지 때문에 소홀해져서 도덕적인 개념이 없는 기계와 같아지는 것이다. 폰타네는 이와 같은 마틸데의 '교양 있는 gebildet' 코미디와 그녀의 애정 없는 타산적인 결혼을 전반적으로 거리를 두고 싸늘한 어조로 아주 사실적으로 묘사하고 있다. 그리고 전략적으로 입력된 코드와 같은 교양으로 성공한 마틸데의 신분 상승은 결국 후고의 죽음과 더불어 중단되고 만다. 후고는 자신이 훌륭하게 스케이트 타는 모습을 주의원 부인에게 보여주어 관심을 끌고자 하다가 사망의 원인이 되는 폐렴에 걸린다. 배타적인 맹목적 국수주의자인 주의원 부인의 호감을 얻고자 하는 후고의 허영기는 결국 죽음과 연결되고, 이런 후고의 죽음은 폰타네의 다른 소설들에서의 죽음과 마찬가지로 상징적이다. 문화적·역사적으로 몰락의 운명을 지니고 있는 세기말 현상들에 매여 있는 후고의 성향에는 마틸데의 실질적인 생명력이 들어 있지 않았던 것이다. 또한 훌륭한 간호인인 마틸데는 후고의 나약한 상태가 차가운 바람을 쏘이는 것을 허용할 수 없다는 것을 분명히 알았지만 볼덴슈타인 근방에서 가장 부유하고 명망이 있는 고쉰 백작과 썰매를 타기 위해서 그를 소홀히 하는 실수를 범하고 만다. 신분 상승과 관련된 타산적인 교양의 이면에서 인간적인 원칙이 지켜지지 못한 것이다. 후고의 죽음은 그와 같은 마틸데의 인간적 허점에 대해서 폰타네가 상징적으로 설정한 대가이기도 하다.

폰타네의 서술 음조와 거리감은 소설이 끝날 때까지 변함없이 냉정하게 유지되고 있다. 작가의 감정 이입을 배제하고자 하는 사실주의적 서술방식은 주인공에 대한 묘사뿐만 아니라 소설의 모든 등장인물들을 객관적으로 제시해서 독자가 스스로 판단, 결정할 수 있는 영역을 넓혀준다. 그럼에도 불구하고 독자는 폰타네가 등장인물들 간의 세밀한 관계 설정 안에 상징적으로 숨겨놓은 호감과 반감의 복합적인 연결 분석을 통해서 작가가 제시한 소설적 전망에 대한 전체적인 실마리를 읽어낼 수 있다.

소설의 전체적인 전망은 후고가 죽은 후의 마틸데의 모습에 압축되고 있다. 후고와의 결혼으로 시장 부인 호칭을 얻으면서 작은 도시지만 그곳에서 상류 계층에 속했던 마틸데의 신분 상승은 후고라는 남자에 종속적으로 이루어졌었고 후고가 세상을 떠나면서 다시 사라졌다. 후고의 죽음 후에 마틸데는 자신의 계산적인 태도를 스스로 회의적으로 바라보기 시작한다. 마틸데의 자기 모습에 대한 자아 비판적인 학습 능력Lernfähigkeit은 자신의 목적을 위해서 다른 사람들을 이용하고 변화시키려고 하는 대신에 이제는 그들을 있는 그대로 받아들일 수 있는 인식으로 발전한다. 그녀는 어머니가 우는 소리를 하면 교양 있는 태도를 지니라고 강요를 하는 대신에 인내심을 가지고 더 잘 대해주겠다는 결심을 한다. 또한 후고의 교양이 극복하지 못한 어려운 사람에 대한 멸시를 되새겨보고 룬췐을 보살펴주기로 한다. 여기에서 마틸데의 교양은 가난한 사람에게 힘을 행사하는 권력적 코드가 아니라 더 나은 공동 생활을 위해서 실천하는 진정한 휴머니즘적 태도로 발전을 하고 있다.

마틸데는 어머니가 권유하는 결혼을 마다하고 교사 자격 시험 공부를 해서 훌륭하게 합격을 한다. 그리고 자신의 꿈이었던 여교사가 되어서 결혼이 아닌 직업을 통해서 경제적인 문제를 해결하고 자신의 어머니까지 더 잘 보살필 수 있는 능력을 지니게 된다. 교사로서의 그녀의 능력과 미래는 그녀가 후고를 상대로 그의 능력이 가능한 한도 내에서 최상의 것을 이끌어냈을 때 보여주고 있는 것처럼 이미 증명이 되어 있다. 마틸데의 교양은 이제 자신의 삶이 종속되어 있던 남편의 출세를 위해서 사용되는 도구가 아니라 자신의 삶을 독립적으로 서게 해주는 실용적인 직업과 결부된다. 여교사라는 직업은 19세기 말에 고등 교육을 받은 여성들이 공식적으로 인정을 받으며 일을 할 수 있는 유일한 분야였다. 폰타네는 자칫 비실재적이며 경구적인 여성 해방 운동으로 머물 수 있는 여성 문제와 관련된 전망에서 능력 있는 여주인공의 독립성과 독자성을 위해서 여교사라는 직업을 사실적으로 설정해주었다. 이는 여성이 민주적 교육의 혜택을 통해서 진정한 교양과 자신을 해방시킬 수 있는 능력을 지니게 됨으로써 남성에 종속되어 있던 여자의 운명을 극복할 수 있는, 여성 해방에 대한 폰타네의 시대사적 역사적 현실 인식이기도 하다. 강한 자의식으로 자신의 삶을 스스로 결정하고 개척하는 여성인 마틸데 뫼링은 동시대 독자들의 취향에는 역행하는 인물이었다. 하지만 그녀의 모습에 담겨 있는 폰타네의 시대변천에 따른 사실적이며 미래지향적인 전망은 소설 『마틸데 뫼링』을 동시대 독자들보다는 오히려 100여 년이 더 지난 오늘날의 현대 독자들에게 더욱 사실적이고 현실감 있게 읽힐 수 있도록 해주고 있다.

작가 연보

1819   12월 30일, 약사였던 아버지 루이 앙리 폰타네와 어머니 에밀리에, 결혼 전 성 라브뤼의 장남으로 노이루핀에서 테오도르 폰타네 Theodor Fontane 태어남.

1827   6월, 스비네뮌데로 가족이 이사함. 시립 학교를 다닌 후, 아버지와 가정교사로부터 교육을 받음.

1832   부활절, 노이루핀의 인문 학교에 입학.

1833   10월 1일, 베를린의 K. F. v. 클뢰덴 직업 학교에 입학.

1835   후에 결혼하게 될 에밀리에 루아네-쿰머 Emilie Rouanet-Kommer를 처음 만남.

1836   일 년짜리 수료증을 받고 직업 학교를 그만둔 후

약사 직업 훈련 시작. 프랑스 개신 교회에서 견진 성사를 받음.

1839 단편소설 「우애 Geschwisterliebe」를 『베를리너 피가로 Berliner Figaro』에 발표.

1840 1월, 약사 보조원 시험을 본 후 베를린과 마그데부르크 약국에서 잠깐씩 일함. 플라텐 및 레나우 문학 동호회에 가입.

1841 라이프치히의 한 약국에 취직. 헤르베크-클럽에 가입, 빌헬름 볼프존, 막스 뮐러 등을 알게 됨. 라이프치히 잡지와 신문에 글을 발표함.

1842 7월, 드레스덴의 한 약국에 취직.

1843 4월, 레친에 있는 아버지 약국에서 전문 약제사로 근무함. 7월 23일, 베른하르트 폰 레펠 Bernhard von Lepel이 폰타네를 문학 동호회 '쉬프레강 터널'에 소개함.

1844 4월 1일, 지원병으로 일 년간 베를린에서 군 복무를 함. 5월 25일~6월 10일, 첫번째 영국 여행. 9월 29일, '쉬프레강 터널'에 가입.

1845 군 복무를 마친 후 레친에서 처방 약사로 있다가 베를린의 '폴란드 약국'에서 근무함. 에밀리에 루아네-쿰머와 약혼.

1846 '폴란드 약국'을 그만두고 베를린과 레친에서 약

	사 국가고시 시험 준비를 함.
1847	일급 약사 자격증 획득. 베를린의 '춤 슈바르첸 아들러' 약국에 취직. 폰타네 부모 이혼 없이 별거 시작.
1848	3월 혁명 시위에 참여함. 『베를리너 차이퉁스-할레』에 혁명적인 내용의 폰타네 기사 4건이 실림. 베를린 베타니엔 병원에 취직. 미완으로 남은 드라마 「칼 스튜어트」 작업.
1849	베타니엔 병원을 그만두면서 약사 직업 청산. 『드레스드너 차이퉁』 신문에 기고(1850년 9월까지).
1850	『남자들과 영웅들 *Männer und Helden*』(발라드)과 『아름다운 로자문데로부터 *Von der schönen Rosamunde*』(단편집) 출간. 슐레스비히-홀스타인 해방 군대 지원병으로 입대하기 위해서 함부르크로 여행. 베를린으로 되돌아와 8월에 프로이센 내무성 산하 문예부서에 취직을 하나 연말에 그만둠. 10월 16일, 에밀리에 루아네-쿰머와 결혼.
1851	첫번째 시집 『시집 *Gedichte*』 출간. 첫아들 게오르게 출생. 프로이센 정부의 '홍보실 중앙 부서'에 근무.
1852	4월 23일~9월 25일, 두번째 영국 체류. 『프로이시셰 차이퉁』과 『디 차이트』에 기고. 둘째 아들

루돌프가 태어났으나 2주 만에 죽음. 문학 동호회 '뤼틀리'(쿠글러, 하이제, 슈토름, 가이벨, 멘첼등이 회원)와 '엘로라 Ellora'(에거스, 뤼브케, 췰르너, 루케트, 루카에 등이 회원)를 만듬. '홍보실 중앙 부서'에 다시 근무. 폰타네 발행의 『독일 시인선 Deutsches Dichteralbum』 출간.

1853 논문 「1848년 이후의 우리의 서정시와 산문 Unsere lyriche und epische Poesieseit 1848」 발표와 더불어 문학 비평가 및 이론가로서의 활동 시작. 셋째 아들 페터 파울이 태어났으나 다음 해에 죽음.

1854 여행기 「런던에서의 여름 Ein Sommer in London」과 폰타네와 프란츠 쿠글러 Franz Kugler가 함께 발행한 『아르고. 1954년 대중 소설 연보 Argo. Belletritisches Jahrbuch für 1954』 출간.

1855 넷째 아들 울리히가 태어났으나 몇 일만에 죽음. 세번째 영국 체류 시작. 프로이센 정부 (만토이펠 내각) 위임으로 독영 통신 설립 및 운영.

1856 독영 통신 해체. 프로이센 정부 언론 기관 특파원 자격으로 계속 런던에 체류. 베를린에서 다섯째 아들 테오도르 출생.

1857 아내 에밀리에가 두 아들과 함께 런던으로 이주.

1858 8월 9일~24일, 레펠과 함께 스코틀랜드 여행 만토

이펠 내각의 함락 후 런던 특파원직에 사표를 냄.

1859 1월 17일, 베를린으로 돌아옴. 2월 24일~3월 28일, 뮌헨에 체류하면서 왕립 비서관 및 도서관 사서 자리를 얻기 위한 시도를 했으나 무산됨. 레펠과 함께 마르크 부란덴부르크 지방 여행.

1860 딸 마르타 Martha (Mete) 출생. 『크로이츠—(노이에 프로이시셰) 차이퉁』 영국 기사 담당 편집 부원으로 근무. 스코틀랜드 여행기 『트위드 강 저편 Jenseits des Tweed』과 영국 예술에 대한 인상기 『영국에서 Aus England』 출간.

1861 『담시집 Balladen』 『마르크 부란덴부르크 편력 Wanderungen durch die Mark Brandenburg』 제1권 출간.

1863 『마르크 부란덴부르크 편력』 제2권 출간.

1864 여섯째 아들 프리드리히 출생. 슐레스비히-홀슈타인에서 일어났던 프로이센과 덴마크 전쟁 현장 취재 여행. 코펜하겐과 후줌 (테오도르 슈토름 Theodor Storm) 방문.

1865 『1864년의 슐레스비히-홀슈타인 전쟁 Der Schleswig-Holsteinsche Krieg im Jahre 1864』 출간. 라인 지방과 스위스 여행. 스코트 Walter Scott의 역사 소설 탐독.

1866	뵈멘 지역에서 일어났던 프로이센과 오스트리아 전쟁 현장 취재 여행(프라하, 콜린, 기췬, 요세프슈타트, 쾨니히그래츠, 니콜스부르크, 부륀).
1867	폰타네 아버지 사망. 역사 소설 「폭풍 이전 Vor dem Sturm」 작업.
1868	탈레(하르츠 지방)와 에르트만스도르프(슐레지엔 지방)에 체류.
1869	폰 방엔하임 가족과 슐레지엔 지방 여행. 폰타네 어머니 사망.
1870	『1866년의 독일 전쟁 Der deutsche Krieg von 1866』 제1권 출간. 『크로이츠 차이퉁』과 결별하고 『포시셰 차이퉁』의 연극 평론가로 데뷔함. 프로이센과 프랑스 전쟁을 취재하기 위해 낭시와 툴르를 여행하다가 첩자로 오인되어 체포되었으나 비스마르크의 노력으로 석방이 됨.
1871	프로이센-프랑스 전쟁 체험기 『전쟁 포로 Kriegsgefangen』 『1866년의 독일 전쟁』 제2권, 『점령의 날들 Aus den Tagen der Okkupation』, 논문 『월터 스코트』 출간.
1872	사망할 때까지 거주하게 될 포츠다머 거리 134c로 이사. 『마르크 브란덴부르크 편력』 제3권 출간.
1873	프로이센과 프랑스 전쟁 종군기 『프랑스와의 전쟁

	1870~1871 *Der Krieggegen Frankreich 1870~1871*』 제1권 출간(제2권, 1875~76).
1874	아내 에밀리에와 함께 이탈리아 여행.
1875	두번째 이탈리아 여행.
1876	3월, 베를린 예술원 상임 총무로 취임하나 몇 개월 후에 사임함.
1878	최초의 소설『폭풍 이전』출간. 본격적인 전업 작가로 계속해서 소설을 발표하게 됨.
1880	『그레테 민데 *Grete Minde*』출간.
1881	『엘레른클립 *Ellernklipp*』출간.
1882	『간통녀 *L'Adultera*』『마르크 브란덴부르크 편력』제4권,『샤하 폰 부테노브 *Schach von Wuthenow*』출간.
1884	『페퇴피 백작 *Graf Petöfy*』출간.
1885	『배나무 아래 *Unterm Birnbaum*』출간.
1887	『세실 *Cécile*』출간. 아들 게오르게 사망.
1888	『얽힘과 설킴 *Irrungen Wirrungen*』출간.
1889	마르크 브란덴부르크 여행기『다섯 개의 성 *Fünf Schlösser*』출간. 왕립 극장 연극 평론가로서의 활동 마감.
1890	『슈티네 *Stine*』『청산 *Quitt*』출간.
1891	쉴러 문학상 수상.『돌이킬 수 없는 사랑 *Unwie-*

	derbringlich』 출간.
1892	중병을 앓음. 『예니 트라이벨 부인 *Frau Jenny Treibel*』 출간.
1894	자서전 『나의 유년 시절 *Meine Kinderjahre*』 출간. 베를린 대학교 명예박사 학위 수여.
1895	『에피 브리스트 *Effi Briest*』 출간.
1896	『포겐풀 가 *Die Poggenpuhls*』 출간.
1897	「슈테힐린 Der Stechlin」 잡지에 연재.
1898	자서전 『20세에서 30세까지 *Von Zwanzig bis Dreiβig*』 출간. 9월 20일, 베를린에서 사망. 사망 후에 단행본으로 『슈테힐린』 발행됨.
1902	2월 18일, 아내 에밀리에 베를린에서 사망.
1906	유고 소설 『마틸데 뫼링 *Mathilde Möhring*』 출간.
1917	1월 10일, 딸 마르타 메클렌부르크에서 자살.
1933	아들 테오도르 베를린에서 사망.
1941	9월 22일, 아들 프리드리히 노이루핀에서 사망.

문지스펙트럼

제1영역: 한국 문학선
1-001 　별(황순원 소설선/박혜경 엮음)
1-002 　이슬(정현종 시선)
1-003 　정든 유곽에서(이성복 시선)
1-004 　귤(윤후명 소설선)
1-005 　별 헤는 밤(윤동주 시선/홍정선 엮음)
1-006 　눈길(이청준 소설선)
1-007 　고추잠자리(이하석 시선)
1-008 　한 잎의 여자(오규원 시선)
1-009 　소설가 구보씨의 일일(박태원 소설선/최혜실 엮음)
1-010 　남도 기행(홍성원 소설선)
1-011 　누군가를 위하여(김광규 시선)
1-012 　날개(이상 소설선/이경훈 엮음)
1-013 　그때 제주 바람(문충선 시선)
1-014 　보이는 것을 바라는 것은 희망이 아니므로(마종기 시선)

제2영역: 외국 문학선
2-001 　젊은 예술가의 초상 1(제임스 조이스/홍덕선 옮김)

2-002　젊은 예술가의 초상 2(제임스 조이스/홍덕선 옮김)

2-003　스페이드의 여왕(푸슈킨/김희숙 옮김)

2-004　세 여인(로베르트 무질/강명구 옮김)

2-005　도둑맞은 편지(에드가 앨런 포/김진경 옮김)

2-006　붉은 수수밭(모옌/심혜영 옮김)

2-007　실비/오렐리아(제라르 드 네르발/최애리 옮김)

2-008　세 개의 짧은 이야기(귀스타브 플로베르/김연권 옮김)

2-009　꿈의 노벨레(아르투어 슈니츨러/백종유 옮김)

2-010　사라진느(오노레 드 발자크/이철 옮김)

2-011　베오울프(작자 미상/이동일 옮김)

2-012　육체의 악마(레이몽 라디게/김예령 옮김)

2-013　아무도 아닌, 동시에 십만 명인 어떤 사람
　　　　(루이지 피란델로/김효정 옮김)

2-014　탱고(루이사 발렌수엘라 외/송병선 옮김)

2-015　가난한 사람들(모리츠 지그몬드 외/한경민 옮김)

2-016　이별 없는 세대(볼프강 보르헤르트/김주연 옮김)

2-017　잘못 들어선 길에서(귄터 쿠네르트/권세훈 옮김)

2-018　방랑아 이야기(요제프 폰 아이헨도르프/정서웅 옮김)

2-019　모데라토 칸타빌레(마르그리트 뒤라스/정희경 옮김)

2-020　모래 사나이(E.T.A. 호프만/김현성 옮김)

2-021　두 친구(G. 모파상/이봉지 옮김)

2-022　과수원/장미(라이너 마리아 릴케/김진하 옮김)

2-023　첫사랑(사무엘 베케트/전승화 옮김)

2-024　유리 학사(세르반테스/김춘진 옮김)

2-025   궁지(조리스 칼 위스망스/손경애 옮김)

2-026   밝은 모퉁이 집(헨리 제임스/조애리 옮김)

2-027   마틸데 뫼링(테오도르 폰타네/박의춘 옮김)

제3영역: 세계의 산문

3-001   오드라덱이 들려주는 이야기(프란츠 카프카/김영옥 옮김)

3-002   자연(랠프 왈도 에머슨/신문수 옮김)

3-003   고독(로자노프/박종소 옮김)

3-004   벌거벗은 내 마음(샤를 보들레르/이건수 옮김)

제4영역: 문화 마당

4-001   한국 문학의 위상(김현)

4-002   우리 영화의 미학(김정룡)

4-003   재즈를 찾아서(성기완)

4-004   책 밖의 어른 책 속의 아이(최윤정)

4-005   소설 속의 철학(김영민·이왕주)

4-006   록 음악의 아홉 가지 갈래들(신현준)

4-007   디지털이 세상을 바꾼다(백욱인)

4-008   신혼 여행의 사회학(권귀숙)

4-009   문명의 배꼽(정과리)

4-010   우리 시대의 여성 작가(황도경)

4-011   영화 속의 열린 세상(송희복)

4-012   세기말의 서정성(박혜경)

4-013   영화, 피그말리온의 꿈(이윤영)

4-014 오프 더 레코드, 인디 록 파일(장호연 · 이용우 · 최지선)
4-015 그 섬에 유배된 사람들(양진건)
4-016 슬픈 거인(최윤정)
4-017 스크린 앞에서 투덜대기(듀나)
4-018 페넬로페의 옷감 짜기(김용희)
4-019 건축의 스트레스(함성호)

제5영역: 우리 시대의 지성
5-001 한국사를 보는 눈(이기백)
5-002 베르그송주의(질 들뢰즈/김재인 옮김)
5-003 지식인됨의 괴로움(김병익)
5-004 데리다 읽기(이성원 엮음)
5-005 소수를 위한 변명(복거일)
5-006 아도르노와 현대 사상(김유동)
5-007 민주주의의 이해(강정인)
5-008 국어의 현실과 이상(이기문)
5-009 파르티잔(칼 슈미트/김효전 옮김)
5-010 일제 식민지 근대화론 비판(신용하)
5-011 역사의 기억, 역사의 상상(주경철)
5-012 근대성, 아시아적 가치, 세계화(이환)
5-013 비판적 문학 이론과 미학(페터 V. 지마/김태환 편역)
5-014 국가와 황홀(송상일)
5-015 한국 문단사(김병익)

제6영역: 지식의 초점

6-001   고향(전광식)

6-002   영화(볼프강 가스트/조길예 옮김)

6-003   수사학(박성창)

6-004   추리소설(이브 뢰테르/김경현 옮김)

6-005   멸종(데이빗 라우프/장대익·정재은 옮김)

제7영역: 세계의 고전 사상

7-001   쾌락(에피쿠로스/오유석 옮김)

7-002   배우에 관한 역설(드디 디드로/주미사 옮김)

7-003   향연(플라톤/박희영 옮김)